ハウスメイトの心得

ノーラ・ロバーツ
入江真奈　訳

MIRA

MIRA文庫

Loving Jack
by Nora Roberts

Copyright© 1989 by Nora Roberts

All rights reserved including the right of reproduction
in whole or in part in any form. This edition is published
by arrangement with Harlequin Enterprises II B.V.

All characters in this book are fictitious.
Any resemblance to actual persons,
living or dead, is purely coincidental.

Published by Harlequin K.K., Tokyo, 2001

ハウスメイトの心得

■主要登場人物

ジャクリーン（ジャッキー）・マクナマラ……作家志望。
ネイサン・パウエル……………………建築家。
フレッド・マクナマラ…………………ジャッキーのいとこ。
ミセス・グランジ………………………家政婦。
ジャスティーン・チェスターフィールド……ネイサンの友人。
コーディ・ジョンソン…………………ネイサンの事務所の建築家。

1

その家を見たとたんに、ジャッキーはすっかり気に入ってしまった。もちろん、自分が惚《ほ》れっぽいことはよくわかっている。でも、それはすぐに感動してしまうからというよりは、感情に対して——自分の感情にも、他人の感情にも——素直に心を開いているからだった。

その家にはいろんな感情が感じられた。すべてが穏やかで静かというのではない。そこがよかった。あんまり落ちつきすぎていると、一日、二日の滞在にはいいだろうが、結局は飽きてしまう。それより、鋭角的で、傲慢《ごうまん》な感じさえするコーナー部分と、曲線的な窓や驚くほど魅力的なアーチの与えるやわらかな印象とが描きだすコントラストのほうが好みに合っている。

太陽に照らされた白塗りの壁は、くっきりした黒い縁どりでさらに際だっている。世界は白か黒かのどちらかとは思わないが、この家はあたかも、ふたつの対立する勢力が調和しながら共存できることを主張しているようだった。

大きい窓からは西から東まで景色がぐるりと見渡せる。太陽の光がさんさんと降り注いでいた。横の庭や、テラスに並べられた素焼きの鉢には花が咲き乱れている。花々の大胆な色のせいで家にエキゾチックでぜいたくなムードがかもしだされていて、なおさらジャッキーの気に入った。これらの花には、もちろん少し手入れが必要なようだ。それも、もし暑さが続き、雨が降らなければ、細心の注意がいるだろう。だが、ジャッキーは土いじりで汚れることなど全然気にならなかった。ことに、それだけのやりがいがある仕事なら。

大きなガラスのドアごしに彼女は、まんなかがくぼんだ楕円《だえん》形をしたタイルばりのプールのきらきら光る水面を見つめた。これも手入れが必要だけれど、やはりそれだけのことはある。ジャッキーはもう、プールサイドに座って、あたり一面に漂う花の香りのなかで、夕日が沈んでいくのを見ている自分の姿を思い浮かべていた。たったひとりで、ではあるが。少し残念な気もするけれど、それもこの際喜んで受け入れよう。

プールとその先の芝生の斜面の向こう側には、沿岸水路があった。水路の水は暗く、恐ろしげだったが、彼女がふと眺めていたあいだにもモーターボートが通り過ぎていった。ジャッキーはその音もすてきだと思った。こちらから呼べば届くぐらいの距離で、しかも邪魔されるほど近くでもないところに他人がいるということなのだ。

水路を眺めていると、ジャッキーはベネチアを思いだした。とくに、十代にそこで送った楽しい日々のことを。ゴンドラに乗り、黒い瞳の男たちと愉快な時を過ごしたものだ。

春のフロリダはイタリアほどロマンチックではないけれど、今の私にはかえってふさわしい気がする。

「気に入ったわ」ジャッキーは明るい光があふれる広々とした部屋のほうをふりかえって言った。スチールブルーのカーペットの上に、オートミール色をしたソファがふたつ置いてある。そのほかの家具は優雅な黒でまとめられていて、いかにも男っぽい趣味だ。その力強さとスタイルに、彼女は好感を覚えた。何事であれ、強く惹《ひ》きつけられたときには、彼女はあら捜しに時間をかけることなどせずに、喜んでそれを受け入れることにしている。が、この家の場合は、すべてが完璧《かんぺき》だった。

ジャッキーは、白い大理石の暖炉の前に立っている気さくな感じの男ににっこり笑ってみせた。暖炉はきれいに掃除されていて、鉢植えのしだが置かれている。彼が着ている南国風の白いスラックスとシャツは、まさにこのポーズのために選ばれたのだと思われる。いかにもフレデリック・Q・マクナマラの考えそうなことだった。

「いつから住めるのかしら?」

フレッドが微笑《ほほえ》み、丸みを帯びた少年っぽい顔がぱっと明るくなった。この顔を見たらだれも彼を悪い人間だなどと思わないだろう。「ほらほら、ジャック、またすぐに飛びつく」彼のからだも丸かった。太っているというほどではないが、がっちり引きしまっているともいえない。フレッドのお気に入りの運動は、手をあげてタクシーやウエイターを呼びつけることぐらいだった。彼が物憂げなようすでジャッキーのほうに近寄ってくる。こういうしぐさも最初はわざと意識してやっていたのだろうが、今ではすっかり身についていた。「まだ二階も見てないじゃないか」

「二階は荷物をほどいてから見るわ」

「ジャック、しっかり念を入れて見ておいてほしいんだよ」年上の経験豊富な従兄《いとこ》が若くてそそっかしい従妹《いとこ》に忠告するというふうに、フレッドはジャッキーの頬を軽くたたいた。彼女も別に腹をたてるようすもない。「一日や二日で後悔されちゃ、いやだからね。ひとりで、三カ月もここに住むことになるんだから」

「どっちにしても、どこかには住まなきゃならないのよ」ジャッキーは、てのひらを前に向けて彼を制した。手もほかのからだの部分と同じく、ほっそりと、華奢《きやしや》だった。四本の指にはめている金と色のついた石の指輪からも、彼女がかわいいものを好んでいることがわかる。「まじめにものを書こうと思ったら、ひとりにならなくちゃいけないのよ。汚い屋根裏部屋なんてまっぴらだから、ここがいいって言ってるの」

そこまで言って、ジャッキーはひと息入れた。従兄であろうとなかろうと、フレッドには気を許しすぎないほうがいいのだ。なにも彼が嫌いというわけではない。それどころか、ジャッキーはいつも彼のことを好いていた。だが、フレッドには、いい話は自分の胸の内に隠し、他人をだますようなところがあることをジャッキーはよく知っていた。

「あなたのほうこそ、ほんとうにここを私にまた貸ししてもいいのね？」

「もちろんさ」フレッドの声は、その肌のようになめらかだった。もし彼にしわがあるのだとしても、それを上手にカムフラージュしている。「持ち主はここを冬の家として使っているんだ。それも、ときどきしか来ない。彼は家をからっぽのままにしておくよりは、だれかに住んでもらうほうがいいと言っていてね。僕はネイサンに十一月までは家の面倒を見るって言っちゃったんだけど、急にサンディエゴでの仕事の話が持ちあがった。この仕事は延期できないんだよ。わかるだろ、ダーリン」

ジャッキーにはその仕事がどんなものかよくわかっていた。フレッドの〝急な仕事〟とは、ふつう嫉妬《しっと》深い夫か、ややこしい法律問題のどちらかから逃げることを意味していた。ぱっとしない容貌《ようぼう》にもかかわらず、彼は絶えず女性問題を起こしてはその夫ともめ、由緒ある家系を示す名前をもってしても裁判ざたからのがれられないことが多かった。

ジャッキーももっと慎重であるべきだったのだが、彼女も賢明さに欠けるときがあった。それにこの家の見かけも、そこから受ける印象も、すべてが彼女をとりこにしていた。

「持ち主がここに人が住んでいたほうがいいと言うのなら、喜んでお役にたつわ。さあ、早くサインさせて。荷物をほどいてプールで泳ぎたいのよ」

「きみがいいって言うのならかまわないけど」フレッドはすでにポケットから書類を出していた。「あとでまた前みたいな騒ぎになるのはごめんだよ。僕からポルシェを買ったときみたいな」

「だってあのときは、あなた、トランスミッションが瞬間接着剤でつなぎあわせてあることを言ってくれなかったんだもの」

「ものを買うときは、もっと注意しなくちゃ」フレッドは平気な声でそう言うと、彼女にイニシャル入りの銀のペンを手渡した。

ジャッキーは一抹の不安を覚えた。いいかげんだが、金儲《もう》けにはぬけ目のないフレッドのことだから気をつけたほうがいいかもしれない。だが、そのとき、小鳥が一羽庭に舞いおり、陽気にさえずりはじめた。ジャッキーにはそれがすばらしい兆しのように思えたのだ。彼女は賃貸契約書にすらすらとサインすると、小切手帳をとりだした。

「ひと月千ドルで三カ月分よね？」

「それに敷金として五百ドル」

「いいわ」ジャッキーはフレッドが手数料を要求しないだけついていると思った。「なにかのときに連絡できるように、持ち主の電話番号と住所を教えておいてくれる？」

フレッドは一瞬ぽかんとした顔をしたが、やがてにっこりしてジャッキーを見た。魅力的で無邪気なあのマクナマラ家共通の笑顔だ。「彼にはもう事情を話してあるから、なにも心配はいらないよ。向こうからきみのほうに連絡してくるはずだ」

「そう」ジャッキーは細かいことにこだわらないことにした。時は春、この新しい家で新しい計画があるのだ。新しくなにかをはじめることほどすばらしいことはない。「この家の面倒はすべて私に任せて」彼女は大きな陶器の壺《つぼ》にさわった。これに花をいけることからはじめよう。「今夜は泊まっていくの、フレッド?」

小切手はすでに彼の上着の内ポケットにしまいこまれていた。

「僕もゆっくりして、親戚《しんせき》の噂話《うわさばなし》なんかをして過ごしたいのは山々なんだけどね、いろいろややこしい問題が起こっていて、大急ぎで西海岸まで飛ばなきゃならないんだよ。きみもすぐにマーケットに行ったほうがいいよ、ジャック。必需品は台所にあるけど、ほかのものはほとんどないから」しゃべりながら、彼は部屋を横切って、自分の手荷物の山のほうに歩いていった。従妹の荷物を二階まで運んでやろうなどということは思いもよらないようだ。「家の鍵《かぎ》はテーブルの上にある。じゃあ、よろしく」

「ええ」彼が荷物を持ちあげると、ジャッキーはそばまで歩いていって、彼のためにドアを開けてやった。泊まっていかないかという誘いは心からのものだったが、フレッドが断ったことも心からうれしかった。「ありがとう、フレッド。ほんとうに感謝するわ」

「どういたしまして、ダーリン」フレッドはかがみこんで、ジャッキーと軽くキスを交わした。高価なコロンの香りがした。「親戚に会ったら、よろしく言っておいてくれ」

「わかったわ。じゃあ気をつけてね、フレッド」ジャッキーは彼が車体の長いコンバーティブルのほうに歩いていくのを見ていた。車もシャツと同じような白だ。荷物をつめこむとフレッドは、運転席に身をかがめ、けだるそうなしぐさでジャッキーに敬礼してみせた。

いよいよひとりになれるわ。

ジャッキーは部屋のほうに向きなおると、わが身を抱きしめた。たったひとり、なにをするのも自由自在だ。もちろん、今までにもひとりっきりになったことはある。二十五歳なのだから、ひとり旅をしたことやひとりで休暇を過ごしたことはあるし、自分だけのアパートメントも生活も持っている。だが、いつもなにか新しいことをはじめるたびに、新鮮な冒険に旅だつような気がするのだ。

きょうから――ところできょうは……三月の二十五日だったっけ、それとも二十六日？

彼女は頭をふった。どっちでもいいわ。とにかくきょうから、私は新しい仕事をはじめるのよ。小説家、ジャクリーン・R・マクナマラとして。

うん、いい響きだ、とジャッキーは思った。まずは新しいタイプライターの包みをほどいて、第一章を書きはじめよう。笑い声をたてながら、彼女はタイプライターのケースといちばん重いスーツケースをつかんで、階段をのぼりはじめた。

ジャッキーがこの南部の地に、この家に、そして新しい日常生活に慣れるのに、長くはかからなかった。朝早く起き、朝の静けさを満喫しながら、ジュースとトーストの朝食――あるいは、そのほうが手軽であればコーラと冷めたピザのときもあったが――をとる。

練習のおかげでタイプの腕も上達し、三日目には、タイプライターは調子のいい響きをたてていた。午後には休憩してプールに入り、太陽を浴びながらからだを横たえ、次の場面や筋の展開を考えたりする。

ジャッキーはすぐにきれいに日焼けした。これは、アイルランド系ばかりのマクナマラ一族の血を多少薄めてくれたイタリア出身の曾祖母《そうそぼ》のおかげだ。焼けた肌の色にジャッキーは気をよくし、いつも母親がすすめていたフェイスクリームとモイスチャライザーを塗ることも忘れなかった。〝きれいな肌と骨格が美しさをつくるのよ、ジャクリーン。ファッションや上手なお化粧なんかじゃなくてね〟母はしょっちゅうそう言っていた。

確かに、ジャッキーはきれいな肌と骨格を持っていた。もっとも、母親でさえ彼女をほんとうの美人だとは言わなかったが、きびきびとしていて健康的という意味では、ジャッキーは十分美しかった。顔の輪郭は卵形というよりは三角形に近かったし、口もかなり大きい。目も大きすぎるし、茶色だった。これもイタリアの血を引くものだ。あとの家族の目はみんな海のグリーンか空のブルーだったが、彼女だけが違っていた。髪も茶色だった。十代のころは、脱色したりメッシュにしたりいろいろ試して、母親を嘆かせもしたが、結局、神が彼女に与えた自然の色に落ちついた。今ではその本来の色が好きにさえなっている。天然のウエーブのおかげで、貴重な時間を美容院で費やす必要もなかった。短くカットした髪が、自然のボリュームとカールで彼女の顔をやわらかく包んでくれるからだ。

午後にプールで泳ぐようになって、ジャッキーは髪が短くてよかったと思った。これなら、二、三回頭をふって、指でかきあげれば、すぐにいつもの髪型にもどる。

彼女は毎朝起きると、執筆作業に没頭し、午後はプールで水泳に打ちこんだ。そして、簡単な昼食をすませると、再びタイプライターにもどり、夜まで仕事をする。その後は庭でのんびりするか、座って水路を行く船を見るか、テラスで読書をするかだ。特別仕事がはかどった日には、自分へのごほうびとして泡風呂に入り、心地よい疲れに身をゆだねた。

自分自身の安全のためというよりは、むしろ家の持ち主のために戸じまりをする。そして、いちばん心が落ちつく部屋のベッドに毎晩もぐりこみ、明日の朝はなにがあるだろうと興奮にぞくぞくして眠りにつくのだった。

フレッドのことを考えるたびに、ジャッキーは微笑みをもらした。たぶん、一族のみんなはフレッドのことを誤解しているんだわ。確かに彼が親戚のなかでもだまされやすい連中をそそのかして、どうしようもない窮地に追いやったことも一度ならずある。だが、フロリダのこの家に住まないかと彼女に声をかけてくれたことは、間違いなくすばらしいことだった。三日目の夜、彼女は温泉の渦巻くお湯につかりながら、フレッドに花でも贈ろうかしらと考えていた。これで彼に借りがひとつできたわ。

彼は死ぬほど疲れていたが、ついに家にたどりつけたというなんとも言えぬ幸せを感じていた。旅行の最後の行程は、いったいいつ終わるのかと思うほど長く感じられた。六カ月ぶりでアメリカの土を踏んだだけでは満足できず、ネイサンはニューヨークに着陸したとたんに、最初の、ほんとうの意味での待ちきれなさに襲われた。やっと自分の国に帰ってはきたが、まだほんとうの自分の場所ではない。何カ月ぶりかではじめて、彼は自分に、自分の家やベッドのことを考えることを許した。プライベートでこのうえなく神聖な空間のことを。

ところが、乗り継ぎの飛行機が一時間遅れ、彼は空港をいらいらと歩きまわった。ようやく飛行機に乗ってからも、あとどれだけ空に浮かんでいなければならないのかと、時計ばかり見ていた。

フォート・ローダーデールの空港に着いても、まだ落ちつかなかった。ドイツで寒く厳しい冬を過ごした彼には、雪やつららの魅力はもううんざりだ。だが、暖かく湿った空気や、やしの木の姿にも、まだ自分の場所に着いていない彼はいらだちをつのらせるばかりだった。

彼は自分の車を空港まで持ってきてもらうように手配していた。その慣れ親しんだ車内に入ってはじめて、本来の自分にもどったような気がした。フランクフルトからニューヨークまで飛んできた時間も、もうなんということはない。飛行機の遅れやいらいらのこともすっかり忘れてしまった。彼はハンドルを握った。あと二十分もすれば、自分の家の私道に入る。今夜こそは、自分のシーツにくるまって眠るのだ。洗濯したてのシーツを、ミセス・グランジがきちんと折りかえしておいてくれているはずだ。フレッド・マクナマラが、到着までにすべて用意させると約束してくれていた。

フレッドのことでは、ネイサンは多少悪かったなという気もしていた。自分の到着の前に追いたてるようなことをしてしまったからだ。だが、ドイツで六カ月もきつい仕事をしたあとでは、客にそのまま家にいてもらう気にはなれなかった。とにかく、フレッドには連絡をとって、家の管理をしてもらっていたお礼を言わなくてはならない。彼がここにいてくれたおかげで、細かい問題を気にせず家をはなれていられたのだから。細かい問題など少なければ少ないほどいい。フレッド・マクナマラには、その点おおいに感謝しなければならないだろう。

ここ数日のうちにそうしよう。ネイサンは鍵穴に鍵をすべりこませながら、そう思った。二十時間ほどぐっすり眠って、しばらくのんびりしてからでも遅くはない。

ネイサンはドアを押し開け、電気をつけて家のなかを見た。わが家にいるというのは、なんとも言えずいいものだ。自分が設計し、建て、自分の好みで選んだものが置かれている自分の家。

わが家だ。なにもかも、前と――いや、違う。前と同じではない、とネイサンはすぐに気がついた。疲れで目がしょぼしょぼするせいかもしれない。目をこすってもう一度よく見る。自分の部屋だ。

だれが中国風の壺を窓際に移して、アイリスをいけたりしたのだ？　それに、マイセンの鉢がなぜ棚にではなくテーブルの上にあるのだ？　彼は顔をしかめた。注意深いネイサンは、細々したものの置き場がことごとく変わっているのに気づいた。ミセス・グランジに注意をしなければ。だが、ネイサンはそんな細かい不満でやっと家に帰りついた喜びをだいなしにしたくはなかった。まっすぐ台所に行って、冷たい飲み物をぐっとやりたかったが、先にするべきことをすませることにする。荷物を持ちあげ、彼は静けさと孤独を楽しみながら二階へとのぼっていった。

自分の寝室の電気をつけて、彼はしばし立ちどまった。ゆっくりとスーツケースをおろし、ベッドのほうへと歩いていく。ベッドはシーツを折りかえさずに、いいかげんにまとめてあった。五年前にサザビーズで手に入れたチッペンデールのドレッサーには、容器や瓶がずらりと並んでいる。そこには独特の香りがたちこめていた。ウォーターフォードの壺――これは食堂の食器棚にあったものだ――にいけてある小さなばらの香りだけではなく、女の香りだった。おしろい、ローション、オイルのにおい。きつくも濃厚でもなく、かすかな香りだったが、それでも押しつけがましい香りだった。ベッドカバーの上にあった色のついた小さな布切れを見て、彼は顔をしかめた。ネイサンは薄くて小さなビキニ型のショーツをつまみあげた。

ミセス・グランジの？　まさか。あのがっしりしたミセス・グランジなら、こんな小さなサイズでは片足も入らないだろう。フレッドが客を迎えたのだろうか……。ネイサンは電気の下でショーツを調べてみた。フレッドが家に女性を入れたとしてもそれは許せる。だが、よりによって自分の部屋を使うなんて許せなかった。それになぜ、その女の持ち物がまだここにあるんだ？

彼は自分のドレッサーの上の瓶をもう一度眺めた。ミセス・グランジに処分させよう。なにも考えずに、彼は手に持っていたナイロンの布切れをポケットに押しこむと、ほかの部屋がどういう状態になっているかを調べに寝室から出ていった。

ジャッキーは目を閉じて、泡風呂の深紅の浴槽の縁に頭をもたせかけ、鼻歌を歌っていた。きょうは特別にすばらしい一日だった。話が頭からページの上にどんどんほとばしりでてきて、恐ろしいほどだった。舞台設定を西部に、荒涼として自然が厳しい、砂ぼこりの舞う昔のアリゾナにしたのがよかった、と彼女は思った。あれこそ、あの冷徹なヒーローと純情なヒロインが登場する場所として最適の地だった。

ふたりはすでにロマンスへといたる石ころだらけのがたがた道を歩みはじめていた。もっとも、そんなことは当のふたりはまだ知らなかったが。ジャッキーは、自分を一八〇〇年代に遡《さかのぼ》らせて、暑さを感じ、汗のにおいをかげることがうれしかった。もちろん、要所要所には危険と冒険が待ち受けている。修道院育ちのヒロインは次々とひどい目にあうが、彼女はそれを乗りこえていく。芯《しん》が強い女性なのだ。ジャッキーには、仮に書こうとしてみても心の弱い女性は書けないだろう。

それから、あのヒーロー。彼のことを考えただけで、ジャッキーの顔には微笑みがこぼれた。ジャッキーは彼のことを、まるで彼女の想像の世界からぬけでて、今この浴槽に一緒にいるかのようにはっきりと思い描くことができた。黒々とした豊かな髪は、帽子をぬぐと太陽の光を浴びて赤く輝く。長さはヒロインがぎゅっとつかめるくらいの長さ。からだはほっそりしていて、馬に乗っているせいで引きしまり、肌は日に焼けて茶色になっている。そして、どうしても避けて通れなかったもめごとのせいで受けた傷あと。

その傷あとは、骨ばった顔の上にあったが、あえてそることもしないひげで隠れていることが多かった。女性の胸をどきどきさせるような微笑みを浮かべることもできる口もとは、強く引き結ぶと、男の背筋をぞっとさせるようなすごみもあった。それから、目。ああ、彼の目はすばらしい。青灰色の目を長いまつげがとり囲み、アリゾナの太陽のまぶしさに目を細めていたために目尻にはしわができている。引き金を引くときには、無表情で情け容赦ないが、女性と向かいあうときには情熱的に燃える。

アリゾナの女性という女性はみんなジェイク・レッドマンに恋していた。自分自身彼に少し恋しているような状態になっていることを、ジャッキーはうれしく思った。そのほうが、彼をリアルに描けるではないか。自分のからだのまわりに泡がたつのを見ながら、ジャッキーはそう思った。彼をこんなにはっきり見ることができ、これほど身近に感じることができるということは、この仕事がちゃんとやれているということではないだろうか？ジャッキーは彼らの身に次になにが起こるかと考えているうちに、おちおちと座っていられない気になってきた。ぐっと集中すれば、今にも彼の声が聞こえてきそうだった。

「いったいきみはなにをしているんだ？」

まだ夢見心地のまま、ジャッキーは目を開け、自分の想像上の人物を見た。ジェイク？ついに熱いお湯が頭のなかまでふやけさせてしまったのかしら。ジェイクならスーツとネクタイなど身につけているはずはないが、男の顔つきが今にも怒り狂って飛びかからんばかりなことだけは、ジャッキーにもよくわかった。彼女は口をあんぐり開けて、男をまじまじと見た。

髪の毛が短いけれど、短すぎるというほどでもない。それに、ひげもちゃんとある。指をぎゅっと押しつけてこすったせいで、目に石鹸《せっけん》が入ってしまった。目をぱちぱちさせて、もう一度見る。彼はまだ、そこにいた。さっきより、少し近づいてきたようだ。泡を出すモーターの音が大きくなり、彼女の頭のなかで響きはじめたような気がした。

「夢を見ているのかしら？」

ネイサンは眉をひそめた。「きみがやっていることは、家宅侵入だぞ。おい、きみはいったい何者なんだ？」

この声。なんてことかしら、声までがイメージにぴったり。ジャッキーは頭をふり、正気にもどろうとした。今は二十世紀、小説の登場人物がどんなに紙の上でリアルに思えたとしても、彼が五百ドルはするようなスーツ姿で現れるはずはない。簡単明瞭《めいりょう》な事実は、自分がたったひとりで、見ず知らずの人間と向かいあっているということだ。それも、このうえなく無防備な状態で。

ジャッキーはとっさに、以前とった空手のコースをどれくらい覚えているかしら、と思った。それから、ちらりと男の幅の広い肩を見て、どうも役にたちそうにない、とあきらめた。

「あなたはだれなの？」怖さを隠そうとして、彼女は威厳に満ちた声できいた。母親が聞いていたら誇りに思っただろう。

「質問に答えなきゃいけないのはきみのほうだと思うが……。僕はネイサン・パウエルだ」

「あの建築家の？　まあ、私、あなたの仕事をすばらしいと思っていたの。シカゴのリッジウェイ・センターを見たわ。それから……」怖さが吹き飛んで、ジャッキーは立ちあがりかけた。が、そのとき、自分がなにも身につけていないことを思いだして、またお湯のなかに沈みこんだ。「あなたには、美学と実用性を結びつけるすばらしい才能があるわ」

「ありがとう。ところで――」

「でも、ここでなにをしているの？」

彼はもう一度眉をひそめた。そして今度もまた、ジャッキーはその目に彼女のヒーロー、拳銃《けんじゅう》使いの名手の姿を見た思いがした。

「こっちこそそうききたいところだ。ここは僕の家だよ」

「あなたの家？」彼女は手首で目の上をこすり、どういうことか考えようとした。「あなたがネイサン？　フレッドの言っていたネイサン？」わかった、というふうに彼女はまた微笑んだ。「そう、それでわかったわ」

彼女が微笑むと、口の端にえくぼができた。ネイサンはそれに気づいたが、無視することにした。「僕にはわからないね。もう一度くりかえす。きみはいったい何者なんだ？」

「ああ、ごめんなさい。ジャックよ」彼が眉をあげたので、彼女はもう一度にっこり微笑み、濡《ぬ》れた片手を差しだした。「ジャッキー、ジャクリーン・マクナマラ。フレッドの従妹よ」

ネイサンは彼女の手をちらりと眺め、その指にきらきら光っている宝石を見た。が、手はとらなかった。もし手をとってしまったら、彼女を水から引きずりだしてしまいそうな気がしたのだ。「で、ミス・マクナマラ、なぜきみは僕の泡風呂に座りこんで、僕のベッドで寝ているんだ？」

「あれ、あなたの寝室だったの？　ごめんなさい。フレッドはどの部屋を使うなとも言わなかったから、いちばん好きな部屋を使わせてもらっていたの。彼は今サンディエゴよ。知ってると思うけど」

「彼がどこにいようが、そんなことは僕の知ったことじゃない」ネイサンはいつもは辛抱強い男だった。少なくとも自分ではそう思ってきた。だが、今は、もう我慢できなかった。

「僕が知りたいのは、なぜきみが僕の家にいるかということだ」

「あら、フレッドからまた借りしたのよ。彼から連絡がなかった？」

「なんだって？」

「ねえ、モーターの音がうるさくて話しにくいわ。待って」彼がオフのボタンに手をかけようとしたのを、ジャッキーは片手で制した。「私、あの……だれか来るなんて思わなかったものだから、それにふさわしい格好をしていないの。ちょっと、いいかしら？」

そう聞いて、彼は反射的にお湯が泡だっている彼女の胸のあたりの曲線を見た。ネイサンが決心したように言う。「台所にいるよ。早くしてくれ」

ひとりになると、ジャッキーはふーっと息を吐きだした。「またフレッドがやってくれたようね」浴槽から出て、からだを拭《ふ》きながら彼女はそうつぶやいた。

ネイサンはジンを惜しみなく入れて、ジントニックをつくった。さっきからずっとこれが飲みたかったのだ。きつい仕事のあとで家に帰って、自分のサンルームに裸の女性がいるのを見つけたら、驚きながらも喜ぶ男もいるかもしれない。残念ながら、彼はそういうタイプの男ではなかった。カウンターにもたれて、ぐいっとジントニックをあおる。この問題は一気に片づけてしまわなければいけない。それにはまず、ジャクリーン・マクナマラと決着をつけなければ、とネイサンは思った。

「ミスター・パウエル？」

ネイサンは台所に入ってきたジャッキーをちらりと見た。まだ少し水滴がついている。こんがり焼けた長い脚が、太腿までの派手な縞《しま》模様のタオル地のバスローブから出ている。濡れてカールした髪が顔のまわりにまとわりつき、垂れた前髪が茶色い大きな目のアクセントになっていた。彼女が微笑むと、またえくぼができた。ネイサンには自分がこのえくぼを気に入っているのかどうかわからなかった。彼女が微笑めば、役にもたたない土地を売りつけることすらできるのではないかという気がする。

「どうやらきみの従兄のことで、話しあいをしなければならないようだな」

「フレッドね」ジャッキーはうなずいてみせ、微笑んだまま朝食用のカウンターの籐《とう》のスツールに腰をかけた。彼女はこの事態を、気楽にかまえて、気持ちをコントロールして乗りきってみようと心に決めていた。もし、こちらがぴりぴりしていて自分の立場を不安に思っていることを相手に悟られてしまったら……そうなったら、不本意ながらも、自分がバッグを手に、おもてに立っている姿がありありと浮かんでくるのだった。「彼って変わっているでしょう？　彼とはどうやって知りあいになったの？」

「共通の知人を通してね」この件ではジャスティーン・チェスターフィールドとも話しあわなければならない、と考えてネイサンはうんざりした。「僕はドイツで仕事があって、国を数カ月留守にしなくてはならなくなった。そのあいだ、家にいてくれる人を探してたんだ。そしたら彼はどうだという話があって。彼の叔母さんを知っていたものでね——」

「パトリシア・マクナマラなら私の母だわ」

「いや、アデル・リンドストロームだ」

「ああ、アデル叔母さん。母の妹よ」今度は微笑み以上のものが彼女の顔に浮かんだ。ジャッキーの目が面白そうに光る。「彼女はすてきな人なの」

この言い方には、なにかおどけたところがあった。だが、ネイサンは無視することにした。「アデルとはシカゴの再開発プロジェクトでしばらく一緒に仕事をしたことがある。その関係と、別に彼を推薦してくれる人もいたもので、僕が留守のあいだフレッドに家の面倒を見てもらうことにしたんだよ」

ジャッキーは下唇をかんだ。心配になってきたことを示す最初のサインだった。彼女は自分では気がついていなかったが、この小さいしぐさが彼女の立場を決定的なものにした。

「じゃあ、彼はあなたからこの家を借りていたんじゃないの？」

「金を払って？　とんでもない」ジャッキーが指輪をもてあそびはじめる。かかわりになるんじゃないぞ。ネイサンは自分にそう言って聞かせた。荷物をまとめて出ていくように彼女に言うんだ。説明も謝罪も必要ない。そうすれば、十分でベッドにもぐりこめるのだ。だが、彼はかわりに、心のなかでため息をついた。ネイサン・パウエルがだまされやすい人間だということを知っている者は少ない。「きみにはそういうふうに言っていたの?」「あなたにはすべてを聞いてもらったほうがいいと思うわ。私にも一杯いただけるかしら?」

彼女がそう言って彼のグラスのほうを差したとき、ネイサンはかちんときた。礼儀作法を厳しくたたきこまれてきたのに、たとえ客ではないにしろ、自分のほうから彼女にすすめなかったことが、自分でもいらだたしかった。黙ったまま、酒をついでかきまぜ、グラスを彼女の前に差しだす。「話は手短に願いたいね。要点だけ話してくれ」

「わかったわ」ジャッキーはグラスに口をつけて、自分を勇気づけた。「フレッドから先週電話があったの。私が数カ月滞在できる場所を探していることを親戚から聞いてね。仕事ができるような、静かでいい場所を探していたの。私、作家なの」ジャッキーは厚かましく自分でそう言ってみたが、なんの反応もなかったので、話を続けることにした。「とにかく、フレッドは私に適当な場所があるって言ったの。この家を借りているって。それから、家のようすをいろいろ説明してくれて。もう、私、見てみたくてたまらなくなったの。こんなにきれいで、入念に設計されていて。あなたが何者かわかった今なら、なるほど思うけど。構造の力強さと魅力、オープンな空間。私が自分のしていることにこれほど没頭していなかったら、あなたの設計だってすぐに気がついたかもしれない。私もコロンビア大学でラフォン教授について一年間建築の勉強をしたのよ」

「それは、それは……」

「彼って、なかなか面白い人よね。えらそうで、自信たっぷりで」

ほう、というふうにネイサンは片方の眉をあげた。そういえば、彼もラフォンについて勉強したことがある。もう大昔のことのような気がするが。あの教授は、優秀な学生しかとらないことで有名だった。ネイサンはなにか言おうと口を開けたが、やめることにした。その手に乗ってたまるものか。「従兄の話にもどろうじゃないか、ミス・マクナマラ」

「ジャッキーよ」と言って、彼女はまたにっこりと笑った。「そうね、もし私がこれほどどこかに落ちつきたいと思っていなかったら、フレッドから話があったときも、ありがとう、でもけっこうよ、と言ったと思うの。フレッドはいつもなにかを企《たくら》んでいるから。でも、この家をひと目見たら、すっかり気に入ってしまって、すぐに決めたわ。フレッドは、仕事ですぐにサンディエゴへ発《た》たなくちゃならないし、持ち主は――あなたのことよ――自分の留守中、家をからっぽにしたくないと言っているって聞いてたの。あなたはここを冬のあいだ、それもときどきしか使わないって話だったけど、そうなんでしょ？」

「いや」と、ネイサンはポケットからたばこを一本ぬきだした。ようやく一日十本にまで減らすことに成功したばかりだったが、今は情状酌量というところだ。「僕は年間を通じてここに住んでいる。仕事で遠くに行くとき以外はね。僕が留守のあいだだけ、フレッドにここに住んでもらうということだったんだ。二週間前に彼に電話をして、帰ることは知らせておいた。ミセス・グランジに、彼の行き先の住所を渡しておいてくれることになっていたんだ」

「ミセス・グランジって？」

「家政婦だよ」

「家政婦のことなんか、フレッドはひと言も言っていなかったわ」

「驚くにはあたらないね」ネイサンはそうつぶやき、ジントニックを飲みほした。「で、きみがここにいるというわけだ」

ジャッキーは大きく息を吸いこんだ。「私、賃貸契約書にサインしたのよ。三カ月の。フレッドに賃貸料の小切手も切ったわ。それに、敷金も」

「それは、お気の毒さま」同情なんかするもんか、とネイサンは思った。「きみは持ち主と賃貸契約をしたわけじゃない」

「あなたの代理人としたのよ。私があなたの代理人だと思った人とね」とジャッキーは言いなおした。「従兄のフレッドはほんとうに口がうまいの」ネイサンが微笑んではいないことに、ジャッキーは気づいた。にこりともしない。こういう状況のなかでユーモアを理解することができないなんて、かわいそうな人。「ねえ、ミスター・パウエル――ネイサン、フレッドが私たちふたりの身の上になにかをしでかしてくれたことは間違いないわ。でも、なんとかそれを切りぬける方法があるはずよ。三千五百ドルの件に関しては――」

「三千五百ドル？　彼に三千五百ドルも払ったのかい？」

「妥当な額だと思ったのよ」とがめるような彼の口調に、ジャッキーは口をとがらせたい気持ちになったが、そんなことをしてもはじまらない。「あなたの家はほんとうにすてきだし、プールもサンルームもあるから。とにかく、身内のほうから少しプレッシャーをかければ、お金はとりかえせるかもしれないわ。いずれそのうちにね」ジャッキーはしばらくお金のことに思いをはせていたが、やがてそれを頭から追い払った。「だけど、ほんとうの問題はこの事態をいかに切りぬけるかってことよ」

「どの事態を？」

「私がここにいて、あなたもここにいるってことと」

「それなら簡単だ」ネイサンはたばこの先をとんとんとたたいた。なぜ僕が、彼女が金を損したことにうしろめたさを感じなければならないんだ。そんな理由など断じてない。彼はそう自分に言い聞かせた。「すばらしいホテルを紹介するよ」

ジャッキーは再びにっこりした。彼ならいいホテルを教えてくれるだろう。だが、彼女にはホテルに行くつもりなどまったくなかった。えくぼはまだ出ていたが、もしネイサンが彼女に顔を近づけてみたなら、そのやさしい茶色の目に揺るぎない決意を読みとったはずだ。

「それであなたのほうの問題は解決するかもしれないけど、私のほうはちっともよくないわ。賃貸契約書をちゃんと持っているのよ」

「それはなんの価値もないただの紙切れだ」

「そうかもしれないわね」彼女は指輪をはめた指でテーブルをたたきながら、しばらく考えていた。「ところで、あなた、法律を勉強したことある？　私がハーバードにいたとき――」

「ハーバード？」

「ちょっとのあいだだけよ」彼女はその権威ある名前をふり払うように手をふった。「別に本気で勉強しようとしたわけじゃないわ。でも、わたしをここからたたきだすのはむずかしいわよ。きっと、面倒なことになるわね」彼女は一気に飲み物をあおると、またしばらく考えていた。「もちろん、あなたがフレッドを引っぱってきて訴えたいというのなら、最後にはあなたが勝つでしょう。それはもちろんそうよ。でもね」ジャッキーはネイサンに口をはさむすきを与えずに続けた。「私たち、もっとおたがいにふさわしい解決策を考えることができると思うの。あなた、くたくたなんでしょう」彼女の声の調子が急に変わったので、ネイサンはじっと見つめた。「二階に行って、ぐっすり眠ったら？　そうしたら、すべてがもっとはっきりするわ。そう思わない？　明日じっくり話しあえばいいじゃない」

「じっくり話すとか話さないとかいう問題じゃないんだよ、ミス・マクナマラ。きみが荷物をまとめればそれでいいんだ」ネイサンはポケットに手をつっこんだ。指がナイロンの布に触れる。彼は歯ぎしりして、それを引っぱりだした。「これはきみのかい？」

「そうよ、ありがとう」頬を赤らめもせずに、ジャッキーは自分の下着を受けとった。「警察を呼んで、事情をすべて説明するには遅すぎるわ。あなたが力ずくで私をほうりだすこともできるとは思うけど、そんなこと自分でもしたくないでしょう？」

彼女の勝ちだった。彼女には名字以外にも従兄と共通するところがたくさんあるようだ、とネイサンは思いはじめた。彼は腕時計をちらりと見て、毒づいた。もう真夜中を過ぎている。彼女をおもてにほうりだすわけにはいかない。さらに悪いことには、ものが二重に見えるほど疲れてしまっていて、とてもまともな議論などできなかった。しかたなく彼はこの件をそのままにしておくことにした――少しのあいだだけ。

「じゃあ、きみに二十四時間だけ猶予を与えよう、ミス・マクナマラ。僕には妥当な線以上のとりはからいだと思われるけどね」

「話のわかる人だと思っていたわ」ジャッキーは彼に再びにっこり微笑んだ。「じゃあ、もうやすんだら？　戸じまりは私がしておくから」

「きみが僕のベッドにいる」

「え？」

「きみの荷物が僕の部屋にあると言っているんだ」

「ああ」ジャッキーはこめかみをかいた。「そうね、あの部屋で寝ることがそんなに大切なら、今晩のうちに荷物を全部出すことはできるけど」

「いいよ」たぶん僕は悪い夢を見ているんだ。幻覚だ。朝、目がさめれば、すべてがもとどおりになっているはずだ。そう思いながらネイサンは言った。「客室で寝るから」

「そのほうがずっといいわ。ほんとうに疲れているみたい。ぐっすりおやすみなさい」

彼はあきれたように一分間ほどじっとジャッキーを見ていた。彼が行ってしまうと、ジャッキーはカウンターに頭をのせて、くすくす笑いだした。間違いなくフレッドにはこのお返しをさせてもらうわ。でも、今のことだけ考えると、ここ何カ月かでこんなにおかしかったことはなかった。

2

ネイサンが目ざめたのは、東部時間で十時を過ぎていたが、悪夢は終わっていなかった。客室の淡い縞《しま》模様の壁紙を見たとたんに、彼はそのことに気づいた。自分の家にいるのに、まるで客のような扱いを受けている。

彼のスーツケースは開いてはいるが、まだなかにものがつまったまま、庭に面した窓の下のマホガニーのたんすの上に置かれていた。カーテンを閉めずに眠ってしまったので、太陽の光がきちんとたたんだシャツの上に降り注いでいる。彼はスーツケースに背を向けた。自分の部屋でだれにも邪魔されずに荷物を解けるようになるまで、断じてスーツケースの中身を出すつもりはない。人はだれでも、自分の家のクローゼットを使う当然の権利がある。

ジャクリーン・マクナマラはひとつのことに関しては正しかった。ひと晩ぐっすり眠って、気分がずっとよくなっていた。頭もはっきりしている。あまり考えたくはないことだったが、彼は自分が玄関のドアを開けてから、客室のベッドに倒れこむまでに起こったことをすべて思いかえしてみた。

昨夜《ゆうべ》のうちにあの生意気な女を外にほうりだしておかなかったとは、なんておろかだったのだろう。だが、今からでもやりなおすことはできる。それなら早いほうがいい。

ネイサンはひげそり道具一式を持ってバスルームに入り、シャワーを浴びたが、用がすむとまたすべてをきちんとケースのなかにしまいこんだ。自分の部屋のキャビネットやひきだしにしまうまでは、どんなものも外に出しておきたくはなかったのだ。明るい色のコットン・スラックスとシャツに着がえると、再び元気がみなぎってくるような気がした。茶色の髪の女性が自分のベッドにもぐりこんでいるといった程度のばかげた問題をうまく処理できないようではしかたがない。だが、先にコーヒーを一杯飲むくらいはいいだろう。

階段を半分ほどおりたところで、ネイサンは鼻をひくひくさせた。コーヒーだ。濃い、いれたてのコーヒーのにおい。その芳香に思わず顔がほころびかけたが、だれがいれたのかを思いだした。決意を新たにして、階段をおりていく。今度は別のにおいが漂ってきた。ベーコン？　そう、ベーコンだ。彼女が自分の家のようにくつろいでいるのは明らかだった。音楽も聞こえてくる。陽気ではずむようなロックだ。ひと部屋おいたところまで聞こえるくらいにボリュームをあげている。

やはり、悪夢は終わっていなかった。だが、それももう終わりだ。今すぐに終わらせてやる。

ネイサンは問題を一気に片づけてしまおうと、大股に台所へと入っていった。

「おはよう」ジャッキーが太陽のように明るい笑顔を向けて、彼に挨拶《あいさつ》をする。彼に気をつかってラジオのボリュームをしぼったが、消しはしなかった。「あなたがいつまで寝るつもりかわからなかったけど、午前中ずっとベッドにいるタイプじゃないと思ったから、朝食をつくりはじめていたのよ。ブルーベリーのパンケーキが好きならいいんだけど。朝早く出かけて、買ってきたの。とれたてよ」ネイサンがしゃべる間もなく、彼女はブルーベリーを一粒彼の口にほうりこんだ。「まあ、おかけなさいよ。今コーヒーをいれるから」

「ミス・マクナマラ――」

「ジャッキーと呼んで、お願い。クリームは？」

「ブラックでいい。昨夜はあのままにしてしまったが、今話をつけてしまわないと」

「もちろんよ。かりかりのベーコンはお好きかしら」そう言って彼女はカウンターに大皿を置いた。そこにはすでにネイサンの上等の陶器の食器とダマスク織のナプキンがセッティングされている。

ネイサンがひげをそったことにジャッキーは気づいた。ひげがなくなると、それほどジェイクに似ていない。ただし、目のあたりだけはそっくりだ。彼を見くびらないほうがいいわ、とジャッキーは気持ちを引きしめた。

「私、じっくり考えてみたの、ネイサン。で、理想的な解決策を思いついたのよ」彼女はフライパンにバターを落として、火かげんを調節した。「よく眠れた?」

「ああ」少なくとも目がさめたときは、上機嫌だった。ネイサンは形勢があやしくなってきたのを感じながらコーヒーに手を伸ばした。彼女はまるで、カーテンを引いて昼寝をしたいのに、情け容赦なく差しこんでくる太陽光線のようだ、とネイサンは思った。

「私の母の好きな言葉にね、わが家がやっぱりいちばんよく眠れるというのがあるのよ。私には関係ないけど。私はどこででも眠れるから。新聞は?」

「いらない」ネイサンはコーヒーをひと口すすり、じっとカップを見つめて、また口をつけた。気のせいかもしれないが、こんなおいしいコーヒーははじめてだった。

「町の小さなお店で豆を買ったのよ」きかれてもいない彼の質問に答えながら、ジャッキーは慣れた手つきでパンケーキをひっくりかえした。「私は自分ではあまりコーヒーは飲まないんだけど。でも、せっかく飲むならコーヒーカップはいいものを使いたいわ。さあ、そろそろいいかしら?」彼が答えるのも待たずに、ジャッキーが彼の皿をとってパンケーキをのせる。「ここからの眺めはすばらしいわね」彼女は二杯目のコーヒーをついで、ネイサンの横に座った。「食事をするのが楽しくなるわ」

ふと気がつくと、ネイサンはシロップに手を伸ばしていた。まあ、パンケーキを食べてからでもいいだろう。それからでも彼女を追いだすことはできる。「いつからここにいるんだい?」

「ほんの二、三日前からよ。フレッドはいつも絶妙のタイミングのセンスを持っているの。どう？　そのパンケーキ？」

　ここは公平に答えておくべきだろう。「すばらしいよ。きみは食べないの？」

「つくりながら、少し味見をしたから」そう言いながらも、ジャッキーはベーコンをつまんだ。口をもぐもぐさせてから、満足したようににっこりとネイサンに微笑《ほほえ》みかける。

「あなたはお料理するの？」

「説明書つきのパックがあるときだけね」

　彼女はぞくぞくするような勝利の気分をはじめて味わった。「私、料理はほんとうに上手なのよ」

「コルドン・ブルーで勉強したのかい？」

「半年間だけですけどね」そう言って、ジャッキーはにっこりした。「でも、基礎はしっかり勉強したわ。あとは自分でいろいろやってみようって、決めたの。料理もほかのものと同じように冒険なのよ」

　ネイサンにとっては、料理は苦役でしかなく、それもたいていはひどい結果に終わった。彼はなにやらぶつぶつ文句を言った。

「ところで、ミセス・グランジだけど」と、ジャッキーが話しかける。「彼女は毎日通ってきて、掃除と料理をするの？」

「一週間に一度だけだ」パンケーキはほんとうにおいしかった。ネイサンはホテルの食事に慣らされていて、それはそれですばらしかったが、このパンケーキとは比べものにならなかった。窓からの眺めをじっと見ていると、気持ちがほぐれてくる。彼女の言うとおり、すばらしい眺めだ。今までこんなに朝食を楽しんだことがあっただろうか。「掃除をして、一週間分の買い物をして、ふつうはシチューのようなものをつくっておいてくれる」ネイサンはフォークでもうひとすくいパンケーキを口に運んだ。それから、もうひと口という誘惑にかられる前に手をとめ、こうきいた。「でも、なぜ?」

「このことが、私たちのちょっとしたジレンマと関係があるからよ」

「きみの、だろ」

「なんとでも言ってちょうだい。あなた、公平な人、ネイサン? あなたのつくった建物には、様式と秩序のセンスがよく表れているけど、でもあなたにフェアプレイのセンスがあるかどうかは、よくわからないのよ」ジャッキーはコーヒーポットを持ちあげた。「おかわりをどうぞ」

ネイサンは急に食欲がなくなってきた。「いったいなにが言いたいんだ?」

「私、三千五百ドルも損をしたのよ」ジャッキーはベーコンを食べながら言った。「なにも、これくらいの損失で、私が道端で鉛筆を売らなくちゃならなくなると言ってるんじゃないわ。金額の問題じゃないのよ。筋の問題なの。あなたも筋を通すことを大事にしている人でしょう」

用心して、ネイサンは関係ないというふうに肩をすくめた。

「私は、相手を信用して、三カ月住んで仕事をする場所のためにお金を払ったのよ」

「きみの家族は優秀な弁護士を雇っているんだろう。従兄《いとこ》を訴えたらいいじゃないか」

「マクナマラ家はね、一族の問題をそういうふうには解決しないの。そのうち、彼に恨みをはらしてやるわ。彼が思ってもいないときにね」

彼女ならきっとそうするだろう。それもすばらしいやり方で。そう思わずにはいられないような表情がジャッキーの目に浮かんでいた。感嘆したくなる気持ちをネイサンは必死で抑えた。「幸運を祈るよ。だけど、それはきみの家族の問題だ。僕には関係ない」

「関係あるわよ。問題の原因はあなたの家なんだから。おかわりはいかが？」

「いや、いい。ありがとう」それから、遅すぎの感はあったがつけ加えた。「ミス――いや、ジャッキー、この際、はっきり言わせてもらう」理性的かつ威厳のある態度を見せようと、ネイサンは座りなおした。「僕のドイツでの仕事は、むずかしく、とても疲れるものだったんだ。で、これから二カ月の自由な時間は、ここで、ひとりで、できるだけなにもせずに過ごすつもりでいる」

「どんな建物だったの？」

「なにが？」

「ドイツでの仕事よ。なにを建てたの?」

「総合レジャービルさ。だが、そんなことはどうでもいい。もし、無神経に聞こえたら申しわけないけど、きみがこうなったことは僕の責任ではないと思うんだが」

「もちろんよ」ジャッキーは彼の手を軽くたたき、またコーヒーをつぎ足した。「なんであなたが責任を感じなくちゃならないのよ。そう、総合レジャービル。すてきね。あとでその話をゆっくり聞かせてもらいたいわ。でもね、ネイサン」いったん言葉を切って、ジャッキーは自分のカップにもコーヒーをつぎ足した。「私、私たちのことを同じ船に乗ったふたりの人間というふうに見ているの。ふたりともこれから二カ月をひとりで、自分たちの計画を追求しようとしていたのに、フレッドがめちゃくちゃにしてしまったのよ。ところで、東洋の料理は好き?」

ネイサンは足もとをすくわれた。なぜ、いつ、そうなったのかはわからなかったが、砂が足もとからさらさらと崩れはじめている。カウンターの上に肘をついて、彼は頭をかかえこんだ。「いったいそれがなんの関係があるんだ?」

「私が考えていることと関係があるのよ。どんな食べ物があなたは好きなのか、とくになにが嫌いなのかを知りたかったの。私はなんでも食べるけど、たいていの人には好き嫌いがあるでしょう?」ジャッキーはスツールの上であぐらをかきながら、両手でマグカップを包みこんだ。彼女はきょうは鮮やかなブルーのショートパンツをはいていた。片側にフラミンゴのワッペンがついている。ネイサンはそのおかしなピンクの鳥をしばらく見つめていたが、やがて彼女の顔に視線をもどした。

「いったいなにを企《たくら》んでいるのか、はっきり言ってくれないか。まだ僕に少しでも正気が残っているうちに」

「つまり、私たちふたりともが、自分のほしいもの——というか、できるだけそれに近いもの——を手に入れられるようにするってことよ。この家は広いわ」

ネイサンは眉をひそめた。

「私、最高のハウスメイトになれると思うわ。何人かから推薦状をもらってもいいわよ。いろんな大学に行ったから、ずいぶんいろんな人と一緒に住んだことがあるの。必要ならきちょうめんにもなれるし、静かにして、絶対おせっかいなまねなんかしないって約束もできるわ」

「とても信じられないね」

「いいえ、ほんとうよ。とくに今みたいに、なにかに没頭しているときはね。私、今はほとんど一日じゅう書いているの。この小説は今、私の人生でいちばん大切なものなのよ。その話もしなきゃいけないんだけど、またにするわ」

「そう言ってもらってありがたいよ」

「あなたってすばらしいユーモアのセンスの持ち主ね、ネイサン。それをなくさないでほしいわ。とにかく、私はとても雰囲気を大事にする人間なの。あなたもそうでしょう。建築家だもの」

「またわけがわからなくなってきたよ」ネイサンはコーヒーをわきへ押しやった。刺激が強すぎる。もう一杯飲んだら、彼女を理解しはじめてしまうかもしれない。

「この家のことよ」ジャッキーは辛抱強く言った。

この目がくせものなんだ、とネイサンは思った。この目には、なにも聞かずにその場を逃げだしたいと思っている相手の目をこちらに向けさせて、話に引きずりこんでしまうようなところがある。

「家がどうしたって言うんだ?」

「この家にはなにかがあるのよ。ここに落ちついたとたんにすべてが流れるように動きだしたの。小説の話よ。もし他所《よそ》へ移ったら、とたんにその流れがとまってしまうかもしれないと思わない? そんなこと、あえて試してみたくはないわ。だから、私としては歩み寄りたいと思っているの」

「歩み寄りたい?」ネイサンはゆっくりとくりかえした。「それはすばらしいね。きみは僕の同意なしに僕の家に住みついて、それで、きみとしては歩み寄りたい、だって?」

「だって、それが公平というものでしょう」ジャッキーは、また、こぼれるようなあの微笑みを素早く浮かべた。「あなたは料理をしなくていいのよ。私がするわ」ジャッキーはこんな簡単なことはないというふうに、両手を開いてみせた。「わたしがあなたの食事はすべてつくるわ。わたしがここにいるかぎり、費用は私持ちで」

いかにも妥当な話のように思えた。彼女が言うと、なんでこんなにも妥当に感じられるんだろう？「それはご親切にどうも。だけど、僕はコックもハウスメイトもいらないよ」

「なんでそんなことわかるの？　試してみもしないで」

「僕がほしいのは」ネイサンは注意深く、ゆっくりと抑揚のない声で言った。「プライバシーだ」

「もちろんそうでしょうとも。今ここで約束しましょうよ。私はあなたのプライバシーを尊重するし、あなたも私のプライバシーを尊重するって。ネイサン……」ジャッキーはネイサンのほうに身を乗りだし、計算ずくではなく、いかにも自然に両手で彼の手を包みこんだ。「あなたが私のためになにかしなければならない理由なんてまったくないことはよくわかっているわ。でも、私は今この本にほんとうに打ちこんでいるの。私自身の事情のためにも、ぜひともこれは完成させなければならないの。そうできる自信はあるのよ。ここでなら」

「僕が偉大なるアメリカの小説をだいなしにしてしまうところだと脅かして、僕に罪の意識を持たせようとしているのなら――」

「いいえ、違うわ。もし、そう思ってるのなら、とっくにそう言ってるわよ。でも、違うの。私はただチャンスを与えてほしいと言っているだけ。二週間だけ試させて。それでもしあなたの頭が変になりそうだったら、私、出ていくわ」

「ジャクリーン、僕がきみと知りあってまだ十二時間しかたっていないけれど、きみのおかげでもう僕の頭はおかしくなってしまっているよ」

どうやら彼女の勝ちのようだった。ネイサンの口調にわずかにその気配が感じられる。ジャッキーはこの機をのがすまいと一気に攻めた。「パンケーキは全部食べたじゃない」

なんだか悪いことでもしたかのように、ネイサンはからになった自分の皿を見おろした。

「この二十四時間、機内食しか食べていなかったから」

「そのうち私のクレープも食べてみて。それからベルギー風のワッフルも」ジャッキーは下唇をかんだ。「ネイサン、考えてもみて。私がここにいるかぎり、あなたは缶詰めひとつ開けなくてもいいのよ」

思わずネイサンは、自分がつくったでたらめな食事のことや、家に持ち帰った発泡スチロールの容器に入ったまずい料理のことを考えてしまった。「外食するよ」

「混《こ》んだレストランに座って、必死にウエイターの注意を引かなきゃいけないのよ。プライバシーなんてほとんどないわ。私の出した解決方法なら、あなたはただのんびりしていればそれでいいのよ」

ネイサンはレストランが嫌いだった。ここ数年、うんざりするほどレストランで食事をしてきたのだ。この取り決めは申し分のないもののように思えた。少なくとも彼女のつくったブルーベリー・パンケーキで心地よくおなかがいっぱいの今は。

「僕の部屋を返してもらいたい」

「もちろんいいわ」

「それから、朝おしゃべりするのはいやだ」

「じゃあ完全に非文明的スタイルでいきましょう。そのかわり、プールを使わせてね」

「一度でもきみやきみの持ち物にぶつかったら、出ていってもらう」

「わかったわ」彼は握手すれば約束したことを守る男だという気がして、ジャッキーは手を差しだした。彼が躊躇《ちゅうちょ》しているのを見て、彼女はますます確信を強めた。そして、自分が望んでいることはちょっとしたやさしさなのだということを、はっきりと打ちだすことにした。「私をほうりだしたりしたら、あなた、きっと後悔するわよ」

ネイサンは顔をしかめたが、ふと気がつくと彼女の手を握っていた。小さなやわらかい手だが、握力は強い。もしこの一時的な取り決めを後悔するようなことになれば、フレッドと話しあわなければならない項目がまたふえるわけだ。「僕は泡風呂に入ってくるよ」

「そうね。その凝った筋肉をほぐしてくればいいわ。ところで、お昼にはなにが食べたい？」

ネイサンはふりかえりもせずに言った。「驚くようなものでもつくってくれ」

ジャッキーは彼の皿を片づけ、台所でぴょんぴょんと踊りだした。

魔がさしたんだ。ネイサンは自分のつきあっている人々や家族にどう言いわけしようかと、思いをめぐらせていた。下宿人、それも無料の。保守的で、社会的にも確固とした地位があり、三十二歳ですでに長者番付に名をつらねるほどの大建築家のネイサン・パウエルが、家にわけのわからない女性を置いているとは。

ネイサンは〝わけのわからない〟という言葉を、必ずしも見ず知らずのという意味で使ったわけではなかった。だが、ジャッキー・マクナマラは風変わりで、わけがわからない。昼食後、彼女がプールサイドで瞑想《めいそう》にふけっているのを見たとき、彼はそういう結論に達したのだった。なにげなく外を見た彼は、ジャッキーがあぐらをかき、目を閉じて、頭をのけぞらせているのを見つけた。てのひらは上に向けて、膝の上に置かれている。ネイサンは、彼女がヒンズー教の呪文《じゅもん》を唱えているのではないかと思い、少しぞっとした。いまだにこんなことをしている人間がいるのだろうか?

あのブルーベリーのパンケーキと彼女の笑顔にだまされてこんな取り決めをしてしまったなんて、どうかしていたのだ。時差ぼけのせいだ。ネイサンは、ジャッキーが実にすばらしいほうれん草のサラダと一緒に用意しておいてくれたアイスティーをもう一杯つぎながら、そう思うことに決めた。優秀で知性的な男性でさえ、大西洋を越えるフライトのあとでからだが弱っているところにつけこまれれば、犠牲者になってしまう。二週間、とネイサンは思いだした。たてまえとしては、二週間試してみるということに同意しただけだ。その時期が過ぎたら、やさしく、だが断固として彼女を追いだそう。でも、とりあえず、家にいるのがまともな人間であることくらいは確認しておかなければ、と彼は思いたった。

家じゅうの電話のそばには革表紙の住所録が置かれている。台所の電話のそばにもそれはあった。そのページを繰って、Lの項を開く。ジャッキーは二階で本の著作に忙しい。もっとも、その〝本〟なるものがほんとうにあればの話だが。ネイサンは電話でいくつか事実を確認し、それからどう動いたらいいものかを決めるつもりだった。

「リンドストロームの住まいです」

「ミセス・アデル・リンドストロームをお願いします。こちらはネイサン・パウエルです」

「しばらくお待ちください、ミスター・パウエル」

ネイサンは待ちながら、また紅茶に口をつけた。いれたての紅茶はくせになりそうだ。ぼんやりしたまま彼はポケットからたばこをとりだし、フィルターでカウンターを軽くたたいた。

「ネイサンなの？　元気？」

「アデル、とても元気だよ。で、きみは?」

「これ以上元気になれないくらい元気よ。こっちではひどい天気が続いているけど。ところで、なんの用なの? 今、シカゴに来ているの?」

「いや、外国から帰ってきたばかりなんだ。きみの甥《おい》のフレッドが、その……留守番をしていてくれたんだけどね」

「そうだったわね、思いだしたわ」その後、長い沈黙が続いた。ネイサンにはそれが思わせぶりに感じられた。「で、フレッドがなにかいたずらをしたって言うんじゃないでしょうね?」

いたずらだって? ネイサンはてのひらで顔を拭《ぬぐ》った。しばらく考えてから、アデルには控えめに報告しておこうと心に決めた。「ちょっとした行き違いがあってね。今きみの姪《めい》がここにいるんだよ」

「姪? 姪っていったって、何人もいるけど。ジャクリーン? ジャクリーンね。そうだったわ。ホノリアが――フレッドの母親なんだけど――ジャクリーンが南部に行くって言ってたことを思いだしたわ。かわいそうなネイサン、家じゅう、マクナマラ家の人間に占領されてしまっているのね」

「いや、フレッドはサンディエゴだ」

「サンディエゴですって? あなたたち、みんなでサンディエゴなんかでなにしてるの？」

アデル・リンドストロームはシカゴで一緒に働いたときも、こんなに注意力散漫だったろうか、とネイサンは考えていた。「フレッドがサンディエゴにいるんだ――少なくとも僕はそう聞かされている。で、僕はフロリダにいる。きみの姪と一緒にね」

「まあ……まあ！」二回目の〝まあ〟のうれしそうな響きに、ネイサンは警戒した。「そう、すてきじゃない。私、いつも言ってたのよ。ジャクリーンに必要なのは、すてきで、しっかりした男性だって。あの子は少し移り気なところがあるけど、でも、とても聡明《そうめい》で心のやさしい子よ」

「そのとおりだと思うよ」そう言ってからネイサンは、これははっきりさせておかないとまずい、それも今すぐに、と感じて先を続けた。「彼女は誤解がもとでここにいることになっただけなんだ。どうもフレッドは……僕が帰ってくることがわかっていなかったようで、それで……ジャッキーに家を貸してしまったんだよ」

「なるほど」今度は彼女にもわかったようだ。運よくネイサンには、そのときアデルの目が楽しそうに輝いたのが見えなかった。「それはたいへんだったわね。でも、あなたとジャクリーンでなんとか切りぬけてくれたのならいいんだけど」

「なんとかね。ところで、きみは彼女のお母さんの妹なんだって？」

「そうよ。ジャクリーンの外見は母親のパトリシアに似ているの。あのきびきびした顔つきなんかそっくり。私、子どものころからいつも姉にやきもちをやいていたわ。でも、性格のほうはいったいだれに似たのやら」

ネイサンはたばこの煙を吐きだした。

「今は……絵？　違うわ、書くことだったわね。ジャクリーンは近ごろ小説家になったんだわ」

「彼女はそう言っていた」

「彼女ならきっとすばらしい話を書くわ。あの子の頭はいつも面白い話題でいっぱいだもの」

「だろうね」

「ねえ、ネイサン、あなたたちふたりならきっとうまくやっていけるわよ。ジャクリーンはね、だれとでもうまくやっていける子なの。才能と言ってもいいわね。そう言ったからって、パトリシアも私も、彼女に結婚して落ちついて、そのエネルギーをすばらしい家族を育ててあげることに使ってほしいと思っていなかったというわけではないのよ。彼女はすてきな子よ。ちょっと突飛なところがあるけど、ほんとうにすばらしい子なのよ。あなた、まだ独身だったわよね、ネイサン？」

ネイサンは目を天井に向けて、頭をふった。「ええ、独身ですよ。それじゃ、話ができて楽しかったよ、アデル。きみの姪にも、場所が変わったら連絡するように言っておくよ」

「それはどうもありがとう。ジャクリーンからの電話はいつも楽しみにしているの。あなたもよ、ネイサン。またシカゴに来たら、必ず連絡してね」

「そうするよ。じゃあ、お元気で、アデル」

電話を切ってからも、ネイサンは電話機に向かってしかめっつらをしていた。不本意ながらも部屋を貸すことになった相手の身元が、本人が言ったとおりであることはまず間違いなさそうだ。だが、だからといってどうなったというわけでもない。実はもう一度話しあうつもりで昼食のときその件を持ちだそうとしたのだが、ネイサンは軽いが執拗《しつよう》な頭痛に襲われた。それで、ひきょうなやり方かもしれないが、彼は午後じゅう、あの脚が長くて笑顔のすばらしいジャクリーン・マクナマラなど存在しないかのようにふるまって過ごすことにした。

二階でタイプライターを前にしたジャッキーはネイサンのことなどこれっぽちも考えていなかった。というか、考えていたとしても、彼女は彼を小説の苦みばしった主人公、ジェイクと完全に重ねあわせて考えていた。彼女にはふたりの違いがわからなかったのだ。

仕事は順調にはかどっていた。指の動きが少し遅くなり、心がふと現実に引きもどされると、自分はほんとうに小説を書いているのだというすばらしい思いに、われながら驚くのだった。今までいろんなことに夢中になっているふりをしてきたけれど、今度こそはふりではない。

ジャッキーにも家族の者が自分のことをはがゆく思っていることはわかっていた。育ちもよく、これだけの知性もありながら、ジャッキーはこれまで自分がなにをしたらいいかを決めることができなかったのだ。だが、彼女は今度こそ、なにかを見つけた、と発表したい気分だった。

座りなおして、ジャッキーは最後の場面を読みかえした。いい出来だ。そのことには自信があった。だが、ニューポートに帰れば、しかたがない人ねと言いたげに頭をふり、彼女を甘やかすような笑顔を見せる人々がいることもわかっていた。その場面がうまくできたからって、いくつかの章がうまくできたからって、それがどうしたっていうの？ あのかわいいジャッキーにはなにかを成しとげるなんてことはできないのよ、と。

でも、今度は違うわ。

ジャッキーはてのひらに顎をのせた。今まで何度このせりふを口にしただろう。写真スタジオ、ダンス教室、陶芸。でもほんとうに今度は違う。今まで手をつけた分野にそれぞれ魅力を感じ、そのそれぞれのものにそれなりの能力があることもわかっていたが、今、ジャッキーはそれらの経験や、それらがうまくいかなかったことはすべて、ものを書くという、この仕事のためにあったのではないかという気がしてきていた。

物語を書くことこそが彼女にふさわしいことなのだ。今度こそ最初から最後までやりとげなくてはならない。今までやったことのなかで、これほど大切で、そして自分にぴったり合っている気がしたものはなかった。家族や友達が自分のことを変わっているとか、気《き》紛《まぐ》れだとか思っていても、かまわなかった。確かに自分は変わっているし、気紛れなのだから。だが、自分の人生には、それだけではないなにかが、強くて、意味のあるなにかがあるはずだった。永遠に大人であるふりだけをして生きていくことはできなかった。そして今、ジャッキーは書くということを見いだしたのだった。

彼女は目を閉じて、ジェイクのことを考えた。そのとたんに、ネイサンのことが浮かんでくる。彼が自分の小説の主人公にこんなに似ているなんて、不思議でしかたがない。運命としか言いようがない。ジャッキーはある程度運命というものを信じていた。とくに占星術を勉強してからは。

もちろん、ネイサンは向こう見ずな熱血漢ではない。それどころか、やや保守的な人間だ。自分のことを、冷静で合理的な男だと思っているにちがいない。彼が自分のことを芸術家だと思っているとは思えなかった。もっとも、才能があることは間違いないことだけれど。なにかをするにあたっては、すぐにリストをつくって、計画どおり実行するタイプでもありそうだ。ジャッキーはその点で彼に一目置いていた。自分自身は、リストどおりになにかを実行できたためしがないからだ。それよりなにより彼女がすばらしいと思ったのは、彼が自分のやりたいことをよく知っていて、それを達成してきたという点だった。

それに、彼は見ていて楽しくなる男だった。笑顔を見せたときはなおさらだ。その微笑みは、たいていしぶしぶ見せるものだったが、それだけに余計にすばらしかった。彼からできるだけ多く笑顔を引きだすことが自分の義務だ、とジャッキーは心に決めていた。そんなにむずかしいことではないはずだ。彼がやさしい人間であることは確かなのだから。そうでなければ、最初の夜に彼女をほうりだしているはずだ。実際そうしたかったはずなのにしなかった彼に、ジャッキーは感謝していた。だからこそ、この同居を彼にとってできるだけ苦痛のないものにしなくては、と思うのだ。

ネイサンにもっといろんなことをしてあげたい。だが、今の私には仕上げなければならない仕事がある。だから、せめて食事だけでも、彼が今まで味わったことがないほどおいしいものをつくってあげよう。

　そう思って、腕時計をちらりと見た。ジャッキーは、少し毒づいてから、タイプライターの電源を切った。ジェイクがアパッチの勇者につかまってしまったところで、夕食のことを考えなければならないのはつらかった。これから、ナイフとナイフのすごい闘いがはじまるところだったのに。だが、取り決めは取り決めだ。

ハミングをしながら、ジャッキーは台所へおりていった。

　またしても香りがネイサンを惹《ひ》きつけた。彼はたまっていたアーキテクチュアル・ダイジェスト誌の記事に目を通して、実にいい気分でいた。壁にパネルヒーターを組みこみ、古びたペルシア絨毯《じゅうたん》を敷いた書斎に引きこもっていたのだ。テラスのドアは中庭に向かって開けはなたれ、その先には庭が見えている。かすかに本の革のにおいがし、エッチンググラスからさんさんと日の光が降り注ぐ、彼の避難場所だった。書斎は、男が自分ひとりになれる唯一の場所だ。

午後も遅くなってきたころには、ネイサンはジャッキー・マクナマラと彼女のいたずら好きな従兄のことをほとんど忘れかけていた。そこに彼女のハミングが聞こえてきたのだ。が、彼はそれを無視した。そんなことができる自分がうれしかった。召し使い。彼女のことは、召し使い以上の何者でもないと思えばいいのだ。

やがて、なんともいえぬいい香りが彼の鼻をくすぐりだした。辛そうな、スパイシーな香りだ。彼女がまたラジオをつけている。それも大きな音で。あとで注意しなければ。ネイサンはもぞもぞと座りなおし、雑誌に集中しようとした。

チキンだろうか？　そんなことを思っているうちに、どこまで読んだのかわからなくなってしまった。ドアを閉めよう、と思いながらページを繰っていると、頭のなかで彼女がボリュームを最大にしてかけているラジオのトップフォーティのナンバーが鳴りだした。彼女に音楽とはどうして聴くものかを教えてやる必要がある。彼は、読んでいたところにしおりをはさんでから、雑誌をわきに片づけ、台所に向かって歩いていった。

三回目でようやく彼女はふりかえった。ジャッキーはフライパンの柄を握ったまま、ゆっくりとそれをゆすり、大声で叫んだ。

「あと二、三分でできるわ。ワイン、飲む？」

「いらない。それより、これを消してくれないか」

「なんですって？」

「これを――」不愉快さのあまりほとんどどうなるような声で言いながら、ネイサンは台所のスピーカーのところまで歩いていき、スイッチを切った。「きみは難聴のことを聞いたことがないのか？」

ジャッキーはフライパンをもうひとゆすりしてから、火をとめた。「お料理をするときはいつも大きな音をかけることにしているの。そうすると腕が冴《さ》えるのよ」

「ヘッドフォンを買うんだな」

肩をすくめて、ジャッキーはライスの鍋《なべ》のふたをとり、フォークで軽くかきまぜた。「ごめんなさい。どの部屋にもスピーカーがあるから、あなたは音楽が好きなんだと思ったのよ。きょうはどうだった？　ゆっくり休めた？」

彼女の口調を聞いていると、ネイサンは自分が怒りっぽい老人にでもなったような気がしてきた。「ごきげんだよ」彼は小声で言った。

「それはよかったわ。中華料理、好きだといいんだけど。サンフランシスコに、すごくすてきな東洋料理の小さな店を出している友人がいてね。そこのシェフを口説いてつくり方を教えてもらったの」ジャッキーはネイサンにワインをついだ。きょうは彼のウォーターフォードのグラスを使っている。スムーズでむだのない身のこなしで、ジャッキーはチキンの甘酢あんかけをすくいとって、先に盛りつけてあったライスの上にかけた。「フォーチュン・クッキーまでつくる時間はなかったけど、アップサイドダウン・ケーキはオーブンに入っているわ」彼女は親指についたソースをなめてから、自分の分を用意した。「冷めないうちに食べて」

警戒しながら、ネイサンは腰をおろした。どちらにしても、食事はしなければならないのだ。フォークでチキンをつき刺しながら、彼はジャッキーを見ていた。なにをもってしても、彼女のリズムを狂わせたり、快活な自信をなくさせることなどできそうもない。そう思いながらネイサンは、彼女が自分の横に座るのを待っていた。

「きみの叔母さんと話したよ」

「ほんと？　アデル叔母さん？」ジャッキーは裸足《はだし》の足をスツールの脚に引っかけた。

「叔母さん、私のことよく言ってた？」

「まあね」

「あなた、自分から面倒を引きおこしてしまったわね」そう言ってから彼女は、いかにも食べることが好き、というようすで食べはじめた。

「どういうことだい？」

ジャッキーはたけのこを味わいながら答えた。「噂《うわさ》が野火のようにかけめぐるだろうということよ。リンドストローム家からマクナマラ家すべてにね。きっとオブライエン家のほうにまで行くわ。私の父親の姉の嫁ぎ先よ」ジャッキーはサフランライスをほおばった。「私には責任が持てないわ」

またしてもリズムを狂わせられたのは彼のほうだった。「いったいなんのことを言っているのかわからないんだけど」

「結婚式よ」

「だれの？」

「私たちのよ」ジャッキーはグラスをとり、ひと口飲んでから、グラスの縁ごしに彼に微笑みかけた。「このワインどう思う？」

「わかるように説明してくれないか。僕たちの結婚式って、どういうことなんだ？」

「そうね、私にはその気はないし、あなたにもない。でも、アデル叔母さんはその気なのよ。あなたとしゃべった二十分後には、叔母さんは私たちのロマンスのことをうれしそうに報告しているはずよ。話を聞いてくれる人ならだれにでもね。みんなアデル叔母さんの話には耳を傾けるのよ。私にはなぜだか理解できないけど。さあ、チキンが冷めちゃうわ、ネイサン」

ネイサンはフォークを置き、努めて冷静な声で、しっかりジャッキーのほうを見て言った。「僕たちがそんな関係だと思われるようなことなんか、なにもしゃべってないよ」

「もちろんそうでしょうとも」明らかに彼の肩を持つように、ジャッキーはネイサンの腕を揺すった。「あなたがアデル叔母さんに言ったのは、私がここに住んでいるということだけよね」そのとき、タイマーが鳴ったので、ジャッキーはケーキをオーブンから出しに席を立った。もう少し考える時間がほしい。そう思いながら、ネイサンはジャッキーがもどってくるのを待った。

「誤解があったってちゃんと説明したよ」

「叔母さんは自分に都合のいいことしか覚えていない人なの」ジャッキーはまたぱくぱくと食べはじめた。「心配しないで。あなたは気にすることないから。しょうがの量はこれで十分だったと思う？」

「気にするもなにも、なにもないじゃないか」

「私たちのあいだにはね」彼女はネイサンに同情するような目を向けた。「そんなことで食欲をなくさないでちょうだい。私の身内のことは私に任せておいて。ところで、ちょっと立ち入ったことをきいてもいい？」

ネイサンは再びフォークを手にした。「どうぞ」自分の家へ通じるドアを開けたのに、落とし穴に落ちてしまったような気分がしていた。

「だれかつきあっている女性はいるの？　別に特別深刻な仲じゃないにしても」

いぶかしそうに彼が眉をひそめるところが、ジャッキーは好きだった。この灰色の目には、なにかしらまっすぐに心に切りこんでくるものがある。

ネイサンは心のなかで、ああでもない、こうでもないと考えたあげくにこう言った。

「いや」

「それは困ったわね」ジャッキーは一瞬額にしわを寄せた。「そうだったら助かったんだけど。でも、いいわ。なにか適当にでっちあげるから。もし、私があなたのことをふったら、気を悪くする？　たとえば、海洋学者を好きになったからっていうことで」

ネイサンは笑いだした。なぜだか自分でもわからなかったが、ワインに手を伸ばしても、まだ口もとがほころんでいた。「いや、全然」

ネイサンの笑い声がこんなにも魅力的だなんて、思ってもいなかった。かすかに胸がときめく。ジャッキーは自分でも素直にそれを認め、ちょっぴりその感覚を味わってから、抑えこんだ。だめ、だめ。そんな場合じゃないわ。「あなたっていい人ね、ネイサン。みんながそうは思わないかもしれないけど、その人たちはあなたのことを私のようにわかっていないのよ。チキン、もっと入れるわ」

「いや、自分でする」

それはちょっとした間違いだった。同時に玄関に入ろうとしたとか、混んだエレベーターで肘と肘がぶつかったとかいうたぐいの、日常よく見られる間違いだ。ふつうならわざわざ考えることもなく、そのまま忘れてしまいそうなことだった。

ふたりは同時に立ちあがり、同時にネイサンの皿に手を伸ばしたのだ。ふたりの手が皿をつかんで、重なりあう。ふたりのからだがぶつかった。ネイサンはよろけたジャッキーを支えようと、彼女の腕をつかんだ。ふつうならすぐに出る微笑みや反射的な詫《わ》びの言葉は、どちらからも出てこなかった。

ジャッキーは息がとまり、心臓が飛びだすかと思った。が、この気持ちに驚きはしなかった。それどころか、すっかりその気持ちに浸り、心地よささえ感じていたのだ。鉢あわせになっただけ。ロマンチックというよりは、滑稽《こっけい》な状態なのに、彼女はこのときを生涯ずっと待ちつづけていたのだという気分になっていた。

彼の手と、陶器の皿の感触と、ほとんど触れそうなほどの彼のからだの熱気を、私は忘れないだろう。彼の目に宿った驚き、疑うような表情、そしてスパイスとワインの香りも。それから、この静寂、突然訪れた息苦しいまでの静寂も。まるで、世界が一瞬息をとめたようだ。ほんの一瞬ではあるが。

これは、いったいなんだ？　それがネイサンの頭に浮かんだ最初で唯一の論理的な考えだった。彼は彼女の手を必要以上に強くつかんでいた。まるで、行かないでくれとでも言うように。ばかばかしい。だが、どんなにばかばかしくても、手をゆるめることができなかった。彼女の目はとても大きくて、やさしい。その目のなかに比類ない正直さを見たと思うのは、ばかばかしいことだろうか。あたりに彼女の香りが漂っている。彼が自分の部屋で最初に出会ったあの香りだ。嘘《うそ》みたいだが、彼女が客室に移ってからもまだ、この残り香は彼の部屋にしみついていた。ネイサンは彼女が大きく息を吸いこみ、それから震えるように吐きだすのを聞いた。それとも、あれは自分の息だったのか。

彼は彼女をほしいと感じた。なによりも強く、はっきりと。それはほんの一瞬しか続かなかったが、その情熱は非常に激しいものだった。

ふたりは同時にはなれた。まるで、予期せぬ炎に触れて、跳びのくような素早さだった。

ジャッキーはせきばらいをし、ネイサンは静かに、大きく息を吐いた。

「私が入れるわ」

「ありがとう」

ジャッキーはガス台に歩み寄り、やっと息が自由にできるような気がした。これは避けて通るべきアドベンチャーだったのだろうか。チキンと野菜を盛りつけながら、彼女はそんなことを考えていた。

3

ジャッキーはネイサンとのあの一瞬の出来事をどう表現したらいいのかわからなかった。強烈、混乱、輝き、恐れ。そのどれもがほんとうだったけれど、それらがすべて一緒になったものとはなんなのか。

魅力。確かにそれもある。だが、あのことが起こる前から、ジャッキーは彼のことを魅力的だと思っていた。ひとり静かに考えこむタイプで、人を寄せつけないようなところがある男性を、たいていの女性は魅力的だと思うものだ。なぜかはわからないけれど。だが、あの一瞬の出来事には、単なる魅力という以上のなにかがあった。あの瞬間、彼女はネイサンを、強く、荒々しく、ほしいと思ったのだ。ふつうなら、そんな気持ちになるまでにおたがいを理解しあう時間をゆっくりかけるはずなのに。

私はあなたのことを知っているわ。なにかが自分のなかでそう言ったような気がした。あなたを待っていたのよ、と。

彼もなにかを感じていたはずだ。それは確かだった。おそらく、ジャッキーと同じような一瞬の情熱だったのだろう。だが、彼がなにを感じたにせよ、それを快く思っていないらしい。その証拠に、ネイサンはこの二日間、できるだけ彼女を避けようとしている。ネイサンが丸一日ボートで出かけるというのに自分を誘ってくれなかったことを、ジャッキーは腹だたしく感じていた。だが、彼にもゆっくりと考えたいことがあったのだろう。

腕時計を見ると、もうそろそろ夕食の時間だった。だが、まだネイサンはもどってこない。もう知らないから、とジャッキーは思った。確かに料理をすることは約束したが、出前まですると約束したわけではない。帰ってきたときに、自分でサンドウィッチでもつくって食べればいいのよ。私の知ったことじゃないわ。

それでも、ジャッキーはボートの音がするたびに窓からのぞきこみ、ボートが通り過ぎてしまうと、小さなため息をついて座りなおすのだった。

私はなにも彼のことを考えてなんかいないわ。ただ、時間をつぶしているだけ。ジャッキーは自分に言い聞かせた。彼が一瞬ガードをゆるめたときに見せた笑い方がすてきだったとしても、それがどうしたというの？　彼の目が、一瞬暗く危険な感じになり、すぐにもの静かで繊細な感じにもどったからといって、なんということはない。ネイサンなんて、自分の仕事とセルフイメージしか頭にない、ただの男じゃない。ちょうど私が自分の仕事と将来のことしか頭にないように。彼が必要以上に肩に力を入れ、孤独ぶっているからって、私にはなんの関係もないわ。彼を殻から引きずりだして、もっと肩の力をぬいて楽しむのよ、と言ってあげることが私の目標ではないのだから。

私の目標は、この小説を書きあげて出版社に売り、小説家としての実績をつくること。

ジャッキーは改めてそれを思いだした。彼女は背筋をしゃんと伸ばし、ネイサン・パウエルのことをわきに押しやると、仕事にもどった。

こういうことをするために、僕は家に帰ってきたのだ。ネイサンは狭く荒涼とした水路にボートを走らせながら、そう思っていた。平和と静けさ。締め切りも、心配しなければならない契約の期日も、仕事に必要な資材の不足も、答えなければならない監査もなにもない。太陽と水だけ。彼はこれ以上のなにも考えたくなかった。

ネイサンはやっと本来の自分をとりもどしたような気持ちになりはじめていた。なぜ今までこのことを、つまりボートを出して一日じゅう姿を消すことを思いつかなかったんだろう。二週間下宿人を置くことには同意したかもしれないが、それはなにも自分を家に縛りつけておくということではなかったはずだ。もちろん彼女をも。

家にジャッキーがいるということが、まったく不愉快とは言えなかった。彼女は取り決めをちゃんと守っている。台所以外で姿を見ることは、ほとんどなかった。彼女が何時間も続けてタイプライターをたたく音に、慣れっこにさえなってきている。彼女は僕が知っているかぎりの童謡の歌詞をタイプしつづけているのかもしれなかったが、一生懸命仕事をしていることは間違いなかった。

実際、彼女については、はっきりわからない部分がたくさんある。とはいえ、すでにはっきりしているところで、問題は生じはじめていた。

彼女は速くしゃべりすぎる。そんなことに文句を言うのはおかしいかもしれないが、静けさと筋の通った会話を好む男にとっては、それが苦痛だった。たとえば天気のことを話していたとする。彼女は一時気象学を勉強したことがあると言い、その話題を〝私は雨が好き、だっていいにおいがするもの〟と言ってしめくくるのだ。こんな思考回路にだれがついていけるだろうか？

それから、彼女はいつも僕の気持ちを見こしたような行動をとる。僕が冷たいものでも飲もうかな、と思いはじめると、もう彼女が台所でアイスティーをつくっているか、グラスにビールをついでいるという具合だ。心霊術を勉強したという話はまだ聞いていないが、彼女にこうも先を越されるとまごついてしまう。

それに、彼女はいつも気楽そうだ。責めるつもりはないが、向こうが気楽になればなるほど、こっちは緊張してしまう。彼女はいつもショートパンツに風とおしのいいトップを着ていて、ノーメイクだし、髪も自然にカールしたままだ。それでも、だらしないと感じる一歩手前でとまっているし、別に誘惑されていると感じるわけでもない。もともと僕は身だしなみのいい、きちんとした女性のほうが好きなはずだ。それなのに、なぜあの、自分の顔をこすってにっこり笑うようなことしかしない、いたずらっぽい彼女のことが気になってしかたがないのだろう?

彼女が僕とはまったく違うからだろうか? いや、そんなことはない、とネイサンは即座にこの考えを打ち消した。彼は心地よさを第一に考える人間だった。その心地よさとは、ふつうは慣れ親しんだものを意味している。だが、ジャッキーは慣れ親しんだものとはほど遠かった。慣れ親しんだものしか受けつけないと言うと、彼のことを型にはまった面白くない男と非難する者もいるかもしれない。だがネイサンは、自分にはそうするだけの資格があると思っていた。仕事でさまざまな都市や国に行き、常に種々雑多な人々とかかわらなければならないのだから、私生活くらい快適で心地よい型にはまったものを主張してもいいではないか。

孤独と静けさといい本。気の合った友人とたまに楽しむ食事や酒。そんなものを求めることが、それほどのぜいたくとは思えなかった。だが、ジャクリーン・マクナマラはそういう生活に一石を投じてきたのだ。

自分では認めたくなかったが、ネイサンは彼女に慣れはじめていた。三、四日たっただけで、ジャッキーがそばにいることに慣れてきたのだ。ひとりが好きな彼にとって、そういうことじたい、ぞっとするような発見だった。

ネイサンはスロットルを全開にして、スピードをあげた。彼女が鈍くて退屈な女性だったら、こんなに悩まずにすむのかもしれない。つきあうのが目的なら、洗練されて落ちついた女性がいいが、ハウスメイトとしては——いや、下宿人だ、とネイサンは自分に言い聞かせた——下宿人としては、鈍いくらいの人間のほうが助かる。

問題は、一日の大半を彼女がいかに静かにでしゃばらずに過ごしてくれたとしても、あの矢継ぎ早のおしゃべりとまぶしい笑顔、そして派手な服装はどうしても無視できないということだった。なかでも、彼女がからだの十パーセント以上は服で隠すつもりはないらしいという点がネイサンを悩ませた。

おそらく今なら、たったひとりで髪や顔に風を受けている今なら、こう認めることができるかもしれない。自分の聖域に侵入されるのはうっとうしいが、彼女は……なんと言ったらいいか、そう、楽しい、と。

ネイサンはここ何年間も、楽しみというものをほとんど自分に許してこなかった。ずっと仕事第一でやってきた。図面を引いている段階から実際の建築作業に至る段階まで、いつも仕事が彼の時間を奪いとっていた。責任を持つことがいやだと思ったことは一度もなかった。もしだれかから自分の仕事を楽しんでいるかとたずねられたら、彼は答えるはずだ。「もちろん」と。そうでなかったら、なぜこんな仕事をするだろうか？

いくら仕事に没頭していたからといって、なにもそのほかの生活がまったくないというわけではない。ただ単に、ほかの部分ではこれほど魅力的で刺激的なことがなかったというだけのことだ。女性とつきあうことも楽しんではいたが、建築物の工学上の問題で夜も眠れないことはあっても、その女性のことを考えると眠れないというほどの女性には、一度も出会ったことはなかった。

もちろん、ジャッキーのことを数に入れなければの話だが。彼はそのことは考えたくなかった。

ネイサンは太陽にまぶしそうに目を細め、日の光が背中にあたるように方向を変えた。だが、太陽に背を向けても彼は顔をしかめたままだった。

彼女との会話はまるでパズルみたいだ。ここ何年も、自分をこんなに考えこませるような者はいなかった。いつも陽気な彼女のそばにいると、こちらまでそんな気分になってしまいそうだ。それに、子どものとき以来、いや、そのときでさえ、今ほどおいしく食事をしたことはなかった。

彼女の笑顔は実に魅力的だ。ネイサンは水路を下る方向にボートを転換しながらそう思った。目がとても大きくて、茶色い。そして、笑うとすばらしく輝く。口は大きくやさしげで、いつでも笑う用意ができているといった感じだ。

もうやめよう、とネイサンは自分に言い聞かせた。彼女のからだの特徴を数えあげたところでしかたがない。そんなことはするべきではない。

あの一瞬の出来事は、単なる偶然だったのだ。それを僕はかってに大げさに考えているのだ。束《つか》の間、惹《ひ》きつけられるということはおたがいあったかもしれない。それはあって当然だ。だが、僕が思ったような相性のよさなどというものはなかったのだ。もともとそんなものは信じてはいない。ひと目惚《ぼ》れなどという言葉は、小説家、それも二流の小説家が使う便利な言葉にすぎない。それに、一瞬の情熱という言葉も、欲望を少しきれいに言いかえただけのものだ。

あのときなにを感じたとしても、それはあいまいで一時的なもの、まったく肉体的なものので、たやすく制御できるもののはずだ。

ネイサンにはジャッキーが自分を笑っている声が聞こえるような気がした。顔をしかめ、彼は家路についた。

ジャッキーがボートの音を聞いたとき、あたりはもう薄暗くなっていた。彼女にはそれがネイサンだとはっきりとわかった。この二時間というもの、ずっと耳を澄ましていたのだから。まず、安堵《あんど》のため息が出た。彼女が心のなかで思い描いていたように、ひどい事故にあったわけでも、誘拐されて身代金を要求されたわけでもなかった。無事で元気にもどってきたのだ。彼の口もとにパンチを一発くらわせてやりたい気持ちだった。

十二時間。きれいに弧を描いてプールに飛びこみながら、ジャッキーは考えていた。ほぼ十二時間も出かけていたんだわ。あの人には他人を思いやるという気持ちが全然ない。もちろん、私だって心配なんかしていなかったわ。自分のことに忙しくて、彼のことなどたまにしか考えなかった。もっとも、この二時間は五分おきにだったけれど。

ジャッキーはたまったエネルギーを発散させるように、クロールで往復をはじめた。怒ってなんかいないわ。それどころか、心配もしていないし、気にもかけていない。彼の人生は彼自身のものだし、自分がしたいことをすればいいんだもの。それに対して私がどうこう言う筋あいなんかないわ。ただのひと言も。

十往復して、濡《ぬ》れた髪を後ろにかきあげてから、彼女はプールの縁に肘をついて休んだ。

「オリンピックに備えて練習かい？」

すぐそばにネイサンが立っていた。手には透明なソーダを入れたグラスを持っている。ジャッキーはまばたきをして水を払い落とし、不機嫌そうな顔を彼のほうに向けた。

ネイサンは、ぴしっと折り目のついたショートパンツをはき、箱から出したばかりのような型くずれしていない半袖《はんそで》のポロシャツを着ている。ネイサン・パウエルのカジュアルウェアか、とジャッキーは意地悪く思った。

「帰ってたのね。気がつかなかったわ」嘘《うそ》を言いながら、ジャッキーは彼の足もとに目をそらした。どうしても、相手の目を見て嘘をつきとおすことができないのだ。

「さっき帰ったばかりだよ」彼女が心配していたことは、ネイサンにはすぐにわかった。それが彼をひどく満足させた。おしゃべりはしないという規則を破って、彼はジャッキーに微笑《ほほえ》みかけた。「で、きみの一日はどうだった？」

「忙しかったわ」ジャッキーはプールの縁からはなれると、ゆっくりと水のなかを進みはじめた。東の空はもう暗かったが、沈みかけた太陽がプールと庭を赤く照らしている。ジャッキーは今の彼の微笑み方は信用できないと思ったが、それでもすてきだった。「あなたは？」

「ゆっくりできた」ネイサンは急に、プールに飛びこみ彼女のそばに行きたい、という衝動にかられた。水は冷たくて、気持ちがいいだろう。彼女の肌も。こんなことを考えるなんて、暑いなかをずっと水辺で過ごして頭がぼうっとしているせいだ。ネイサンはそう思った。

水に浮いたまま、ジャッキーはネイサンをじっと見ていた。ほんとうにリラックスしているように見える。もっとも、ネイサンにしては、だけど。彼はどこへ行くにも緊張感を忘れないタイプの人間だということが、ジャッキーにはすでにわかっていた。彼女は怒ったときと同じように唐突に彼を許し、にっこりと微笑んだ。

「オムレツでも食べる？」

「なんだって？」ぼんやりしていたネイサンは、ふとわれにかえった。ジャッキーは水着とは名ばかりの小さな薄い布切れをふたつ身につけているだけだった。水に濡れたその布地は、光に照らされて肌の上で輝いている。

「おなかすいてる？　オムレツくらいならつくれるわよ」

「いや、いいよ」ネイサンは急に感じた喉の渇きをいやすように、手にしていたソーダを飲むと、グラスを置いて両手をポケットにつっこんだ。「冷えこんできたな」顔をしかめながら彼は、そろそろおしゃべりを終わりにしたほうがよさそうだ、と思っていた。

「そうね」髪を後ろにかきあげると、ジャッキーはプールから出た。やせている、とネイサンは思った。こんなに細い、やせっぽちの女性がまるでスポーツ選手のような動きを見せるなんて。色褪《あ》せていく日の光のなかで、水滴がきらめくビーズ玉のように彼女の肌をころころと転がりおちた。

「タオルを忘れてきたわ」ジャッキーが肩をすくめ、ぶるぶるっとからだを揺する。ネイサンは思わずごくりと唾《つば》をのみこみ、目をそらした。あの二枚の布をはぎとり、彼女と一緒に水のなかにもどるのは簡単だろうな、などと想像しはじめていたときに、これ以上彼女を見つづけることなどできない。

「もうなかに入るよ」しばらくして、彼はやっと口を開いた。「読まなければならない本があるんだ」

「私もよ。ウエスタン小説を山ほど読んでいるの」そう話しながら、ジャッキーは彼のほうに近づいていった。水に濡れて、色が濃くなった彼女の髪やまつげがすてきだ。ネイサンはふとそんなことを思っていた。「グラスは私が片づけるわ」

「いや、いいよ」

またしても、ふたりは同時に手を伸ばした。ふたりの指が触れあい、からみあう。グラスの上で彼女がぎゅっと緊張したのがネイサンにもわかった。そうか、やっぱり彼女も感じていたのだ。あのはっとするような驚きを……あの接触を。ネイサンはあのときの感覚を思いだした。あれは僕の想像力がつくりあげたものではなかったんだ。再びああなるのを避けようとして、ネイサンは手の力をゆるめ、一歩あとずさりした。同じ理由から、ジャッキーも同じことをした。グラスがテーブルの端で揺れ、倒れかけた。またふたりが同時に手を伸ばし、それをつかんだ。

滑稽《こっけい》なことのはずだわ。ジャッキーはそう思ったが、短い、神経質そうな笑い声しか出てこなかった。彼の目のなかに、彼女は自分が感じているものとまったく同じものを見た。熱くて危険なぴりぴりした欲望を。「私たちには振付け師が必要みたいね」

「僕が持っていくよ」ふたりがグラスをとりあうかたちになったので、ネイサンが硬い声で言った。

彼にグラスを譲り渡してから、ジャッキーがゆっくりと息を吐く。彼女は素早く決心をした。「私たち、すませたほうがいいと思うんだけど」

「すませるって、なにを?」

「キスよ。簡単なことだわ。私はあなたとのキスってどんなものかしらと思っていたし、あなたも同じことを考えているんでしょう」平静を装ってしゃべってはいたが、ジャッキーは乾いてきた唇をなめて湿らさなければならなかった。「どうだろう、どうだろうって思うのをやめたら、私たちもっと快適になると思わない？」

彼女の顔をまじまじと見ながら、ネイサンはグラスを置いた。ロマンチックな提案というよりは、論理的な提案だった。そこが彼を惹きつけた。「なかなか実利的なものの見方だね」

「私、そういうことができるの。ときによってはね」空気が冷えこんできて、彼女は小さく身震いした。「ねえ、一度やってみたら、なんてことなかったってことになるわ。想像力がものごとを大げさにしてしまうのよ。少なくとも私はそうだわ」ジャッキーがまたにこっと笑う。口もとにえくぼができた。「あなたは私のタイプじゃないわ。悪くとらないでね。それに、私もあなたのタイプじゃないでしょ」

「ああ、僕のタイプじゃない」そう言いながら、ネイサンは少し驚いていた。

ジャッキーはわかったと言うようにうなずきながら、彼の答えを聞いていた。「じゃあ、早くキスの問題をとっぱらってしまって、ふつうの状態にもどりましょうよ。いい？」

ジャッキーがわざとそうしているのかどうかはわからなかったが、いや、わざとではないことをネイサンは確信していたのだが、とにかく彼女は男のプライドにまっすぐに訴えかけてきた。彼女は実に気軽に、実にざっくばらんにこの提案を口にした。僕にキスをしたって、なんの影響も受けないことを確信しているようだ。僕にキスをすることは、まるでうるさい蝿《はえ》を追い払うことみたいではないか。早くやってみて、ふつうの状態にもどりましょうよ、だって？　そうなるかどうかやってみようじゃないか。ネイサンはそう思った。

彼女は彼の目つきに――ジェイクを思いおこさせるようなあの目つきに――警戒すべきだった。いや、警戒はしていたのかもしれないが、気づいたときにはもう遅すぎた。この片手でネイサンはジャッキーのうなじを支えた。彼女の濡れた髪が手にからまる。このの感触そのものが、ジャッキーにとっては驚きだった。控えめな親密さとでもいうようなものが感じられる。彼女は一瞬、本能的に逃げだしたいと思ったが、あえてそれを無視した。ジャッキーはいつも前に進むことにしていた。だから、このときも一歩前に出て、頭をぐいとあげた。楽しく、温かく、日常的でさえあるものを期待して。自分が思っている以上のことを受け入れることになったのは、なにもこれがはじめてというわけではなかった。

ロケットみたい。彼の唇がはじめて自分の唇に重ねられたとき、最初にジャッキーの頭に浮かんだのはこの言葉だった。火花を散らし、素速く急上昇するロケット。昔から急上昇の感覚というものがいちばん好きだった。彼女の口からもれた小さなうめき声は、抗議の声ではなく、驚きと歓《よろこ》びの声だった。その歓びを受け入れながら、ジャッキーはネイサンにもたれかかり、彼の唇をむさぼった。

彼の唇は水のにおいがした。透明な塩素処理がしてあるプールの水ではなく、海へと注ぐ、もっと暗くもっと力強い水のにおいだ。夜のとばりがおりはじめ、空気が急に冷えてくる。だが、先ほどまでの寒さはもう感じなくなっていた。ネイサンに寄りそい、彼のシャツや手がやさしくからだに触れるのを感じているうちに、彼女の肌は温かくなってきた。

このときをずっと待っていたんだわ。思いが静かにぴたりと所定の場所にはまった感じだった。これを何年も何年も待っていたのよ。まさにこれを。

ジャッキーとは違って、ネイサンはすぐに考えることをやめてしまった。彼女は……エキゾチックな味がする。彼女のかわいいきびきびした顔つきや、やせっぽちのからだからは、唇がこんな味がするなんて想像させるものはなにもなかったのに。スパイスをたっぷりきかせたミルクとはちみつの味がするなんて、思いもよらなかったのに。

彼女をこんなにしっかりと抱きしめるつもりはなかった。自分の手を彼女のからだにこんなふうに這《は》わせるつもりもなかった。それなのに、コントロールを失ってしまったのだ。彼女の濡れた肌に触れ、撫《な》でるごとに、ネイサンは少しずつ自分を抑える力を失っていった。

ジャッキーの背中は長くほっそりしていて、なめらかだった。ネイサンが指を這わせると、彼女の背中が震えているのがわかる。再び情熱が高まってきて、かつてなかったほどに激しく強く彼は唇を押しつけた。その激しいくちづけをジャッキーは受け入れた。彼女が彼の舌の上にそっとため息をもらしたとき、ネイサンの心臓はいつもの二倍の速さで打ちはじめた。

このことは決して忘れないわ、どんな小さなことも。重苦しく、熱を持ったような花の香りも、やさしい虫の鳴き声も、近くの水路の寄せては返す水の音も。たそがれ時にはじまり、夜になるまで続いたこのはじめてのキスのことは決して忘れないわ。

ふたりがからだをはなしたとき、彼女の手は彼の髪のなかに置かれ、その口もとはにっこりと微笑みかけていた。自分の反応を恥ずかしいと思うこともなく、ジャッキーは満足そうに長いため息をついた。「私、びっくりするようなことが好き」と、ジャッキーはつぶやいた。

僕は違う。ネイサンはそのことを思いだし、自分の手が再び彼女の髪を撫でようとする前に、あとずさりをした。気持ちが大きく揺れていることにわれながら驚き、腹がたってくる。僕は、手に入れるつもりすらなかったものを、たまらなくほしいと思っているのだ。

「さあ、これで好奇心は満たしたわけだから、もうなんの問題もないはずだ」

ネイサンは彼女が怒るだろうと思った。思っていたとおり、彼女の目がきらりと光る。感情がすぐに目に出るらしい。そう思って彼女の目を見ているうちに、そこに傷ついた表情を見てとって、彼の胸はちくりと痛んだ。やがて、その感情も怒りが消えたときのようにすぐに消えてなくなり、次に面白そうな表情が浮かんだ。

「そんなこと言いきらないほうがいいんじゃないの、ネイサン」ジャッキーは軽く彼の頬をこづき——ほんとうは、拳《こぶし》で殴りかかってやりたいところだったが——大股に家のなかに入っていった。

こうなったら、彼を困らせてやるわ。自分の後ろでドアが閉まる音を聞きながら、ジャッキーはそう思っていた。

4

ネイサン・パウエルにはそのうちたっぷり仕かえしをさせてもらうわ。ジャッキーはそう心に決めた。

冷血動物で、なんにも感じない鈍感男、見せかけだけのぬけがらのような男。ジャッキーはネイサンはそんな男なのだと自分に言い聞かせようとしたが、どうしてもそんなふうには思えなかった。残念ながら、ほんとうは彼が親切で、フェアプレイの精神の持ち主だということがわかっていたからだ。頑固で厳しいところはあるかもしれないが、冷たい人間ではない。

たぶん、私はあのキスに多くの意味を持たせすぎているのだろう。ひょっとしたら私の感情はほかの人よりも敏感すぎるのかもしれない。彼には、あのロケットが発射するような感覚が訪れなかったということもありうる。でも、彼もなにかを感じていたのは確かだ。そうでなければあんなふうに抱きしめたりするはずがない。

彼もなにかを感じていた。いいわ。じゃあもっとそれを感じさせてあげる。そして、もっとみじめになればいいんだわ。

でも拒絶されるということもある。コーヒーの豆をグラインダーで挽《ひ》きながら、ジャッキーは自分にそう言い聞かせた。なにかを粉々に砕いていると、気分が実にすっきりしてくる。拒絶にあえば、人はよりたくましくなり、もっとむずかしい問題にも立ち向かえるようになるわ。今までそんな経験はあまりなかったけれど、そうなったらなったで喜んでそれを受け入れよう。

顔をしかめながら、彼女はやかんのお湯が沸騰していくのを見つめていた。なにも男性に足もとにひざまずいてほしいと思ったわけではない。それがたとえどんなに熱烈なものであったとしても、たった一度の抱擁で、永遠の愛と忠誠を誓ってほしいなどと思っているわけでもなかった。

だが、ふたりのあいだにはなにか特別のものがあるはずだ。めったにない、すばらしいなにかが。それなのに、彼は肩をすくめてそれを片づけてしまったのだ。

今に見ていらっしゃい。挽いたコーヒー豆に熱湯を注ぎながら、ジャッキーは意地悪く心につぶやいた。肩をすくめて無関心を装っていることの代償を彼に払わせてやるから。いいえ、まだあるわ。私が彼の腕に抱かれていたときのことを思いだして眠れなかった昨夜《ゆうべ》のことに対しても、代償を払ってもらうわよ。

彼が台所におりてきた音が聞こえたが、ジャッキーはすぐにはふり向かなかった。簡単なベアトップしか着ていないので、日に焼けた背中がほとんどむきだしになっている。ここ数日間ではじめて、ジャッキーは化粧をしていた。別にびっくりするほどのことではないわ。少しパウダーをはたいて、口紅を塗り、目にちょっとアクセントをつけただけだもの。ジャッキーは自分にそう言い聞かせた。

肩ごしにとっておきの微笑《ほほえ》みを投げかけたジャッキーは、思わず大声で笑いだしそうになるのを必死でこらえた。彼はひどい顔をしている。いったいどうしたというのだろう？

ネイサンはますます気分が悪くなった。ジャッキーが眠れぬ夜を過ごしていたとき、ネイサンもまた自分のベッドのなかで毒づき、寝がえりを重ねていたのだった。彼女の陽気な笑顔を見ると、歯をむきだしてうなり声をあげたい気分になる。

一回キスをして、ふつうの状態にもどる、だって？　ネイサンはジャッキーの首を絞めてやりたかった。彼女が生活に割りこんできてからというもの、ものごとがふつうの状態ではなくなっている。ネイサンが覚えているかぎり、からだがこんなに熱くなったのはティーンエイジャーのとき以来だ。幸いあのころは、まだ想像力のほうが経験をはるかにしのいでいたからよかったが、今はいろんなことがはっきりわかっている。そのことを考えて彼はほとんど眠れなかったのだ。

「おはよう、ネイト。コーヒーは？」

ネイト？　ネイトだって？　ここで議論すればひどい痛手を受けることがわかっていた

ので、ネイサンは黙ってうなずいてみせた。

「あつあつのいれたて。あなたのお好みどおりでしょ」天使のようにやさしい声でジャッキーは言った。「今朝のメニューはカナディアン・ベーコンとポーチド・エッグよ。五分でできるわ」

彼は最初の一杯を飲み終えた。カップをカウンターに置くと、ジャッキーがおかわりをつぐ。彼女はいつもよりたっぷりと香水をつけていた。その香りは濃厚とはいえ、むっとするほどではなかったが、いつもより多少押しつけがましい感じがした。〝覚えてる？〟とでも言っているようだ。気をつけろ、ネイサンはそう自分に言い聞かせて、彼女をちらりと見あげた。

彼女がいつもよりかわいいと思うのは、気のせいだろうか。どうしたらあんなにいつも肌をつやつやと、やわらかく保っていられるのだろう？　彼女の髪はいつもぼさぼさのままなのに、サラダをまぜているときとか、ソファでうたたねをしているときにあれほど魅力的に見えるなんて、おかしい。

とにかく朝からこんなに生き生きと、元気いっぱいの人間は見たことがない。自分がゴム製の大きなハンマーでひと晩じゅう頭をたたかれていたような気がするときに、彼女がこんなに爽《さわ》やかなようすでいることにネイサンは腹がたってきた。

どうしてもつい目が彼女の口もとにいってしまう。なにかつけている。僕が味わったことを思いださせるように、あのときと同じ潤いと温かさを感じさせるようになにかを塗っている。ネイサンは顔をしかめてジャッキーを見た。

「きょうはミセス・グランジが来る日だ」

「あら、そう？」じゅーじゅー音をたてているベーコンを返しながら、ジャッキーはまた彼ににっこり笑いかけた。「すてきじゃない？　ものごとがまたもとどおりにもどって」ジャッキーは片手で上手に卵を割って、ポーチド・エッグ用の鍋《なべ》に入れた。「お昼はうちで食べる予定？」

黄身をこわさず、殻だけをきれいにとり除く。たいしたもんだ、とネイサンは思った。今まで百万回もやってきたのだろう。「きょうは一日じゅううちにいる。たくさん電話をかけなくちゃならないのでね」

「それなら、特別おいしいものをつくるわ」ジャッキーは再び彼のほうに向きなおり、しげしげと彼の顔を見つめた。「ねえ、ネイサン、あなた今朝は少しやつれて見えるわよ。眠れなかったの？」

怒鳴りつけてやりたい思いをネイサンは必死で抑えた。「ああ、片づけておきたかった仕事があったんでね」

ジャッキーは同情するというふうに舌をならし、彼の朝食を皿に盛りつけた。「働きすぎよ。だからからだがかちかちになるんだわ。ヨガをすればいいのに。心とからだをリラ

「この州では、お化粧をすると法律に触れるの？　冗談じゃないわ、ネイト、いえ、ネイサン、あなた、おかしいわよ。まさか、私があなたを……誘惑しているとでも思っているんじゃないでしょうね？」もう一度にっこりしてから、ジャッキーはあえてこうつけ加えた。「あなたみたいな立派な大人の男性なら、まわりに気を散らされることなんかないと思ったのよ。でも、もしこれがあなたの気に障るというのなら、今後いっさい唇にはなにも塗らないことにするわ。これでいい？」

彼の声があまりにやさしく、抑制がきいていたので、ジャッキーはまだ自分が主導権を握っていると錯覚していた。

「汚いやり方で戦いを挑んでくるやつは、結局自分が泥まみれになるんだぞ」

「そうらしいわね」ジャッキーはぐいと頭をそらし、まつげごしに彼を見た。「でもね、私もまわりのことで気を散らされたりしないの」

そこまで言ってから、ジャッキーは自分が彼のことを誤解していたことに気づいた。誤解といってもほんの少しのことだけれど、こういう計算間違いが命とりになることも多い。彼の目つきが急に向こう見ずなものになり、冷たく危険な感じを漂わせはじめる。彼女の心臓が一瞬とまった。

ジェイクだわ。彼の銃から煙が出ている。

これはキスだけですみそうにない。私がそれを望もうと望むまいと。彼の思うままになってしまうだろう。ぺらぺらしゃべってみても、魅力たっぷり微笑んでみても、もうなんの役にもたたないだろう。

突然、玄関のベルが鳴った。が、ふたりとも動かない。どきんとして、ジャッキーの心臓が再び動きだした。ベルに救われたわ。倒れてしまうか、さもなければ、くすくすと笑いだすところだった。

「ミセス・グランジだわ」彼女はわざと明るい声で言った。「手をはなしてくれたら、私が出てくるんだけど。あなたはそのあいだ、朝食を食べていればいいわ」

ネイサンは彼女の手をはなした。それは、たっぷり五秒ほどしてからのことだった。ジャッキーは彼がベルを無視して、彼の目が語っていることを実際にするつもりだと信じこんでしまったほどだった。なにも言わずネイサンは彼女の手をはなし、くるりとカウンターのほうに向きなおった。だが、彼はもうコーヒーなんか飲む気になれなかった。それより、強い酒をぐいとやりたかった。

ジャッキーは台所をぬけだした。ネイサンの卵が石のように冷えきっていればいいのに、と思いながら……。

ドアを開けたジャッキーに、ミセス・グランジは最初不審の念を持ったようだったが、ジャッキーは持ち前の人なつっこさで話しかけ、ついには、あとで昼食をともにするという約束までとりつけてしまった。

　昼食はあら挽き麦とパセリのサラダにすることにした。ラジオをつけ、材料を刻み、ハミングをしながら、西部の無法者からのがれるってどんな感じだろうか、と想像してみる。ネイサンが入ってきたのでラジオのボリュームをさげ、それからカウンターにボウルを置いた。

「アイスコーヒーでいい？」

「いいよ」気軽な返事だったが、目はじっと彼女を見つめていた。向こうがへんな出方をしてきたら、すぐにでも飛びかかってやる、とネイサンは思った。が、なにがへんな出方なのかも、飛びかかってから自分がどうするつもりなのかもネイサンにはよくわからなかった。とにかく、彼女に対してかまえていることだけは確かだった。

「あとで、電話を使わせてもらいたいんだけど、いいかしら。長距離だから、クレジットカードで支払いをするわ」

「どうぞ」

「ありがとう。そろそろフレッドに仕かえしの種をまくころだと思うのよ」

　ネイサンは口まで運びかけていたフォークを途中でとめた。「どんな種だい？」

「あなたは知らないほうがいいわ。ほら、ミセス・グランジがいらしたわ」

　話が中断したことに気を悪くして、ネイサンは家政婦のほうをふりかえった。「ミセス・グランジ?」
「ここに座って」と、ジャッキーはネイサンが続ける前に言った。「これが気に入っても
らえるといいんだけど。タブーレって言うの。シリアではとっても人気のあるサラダなの
よ」
ミセス・グランジはスツールにどっかりと腰をかけ、ボウルの中身を疑わしそうにじろ
じろ見た。「そんなに変わったものが入っているとは思えませんけどね」
「そのとおりよ」ジャッキーはボウルの横にアイスコーヒーのグラスを置いた。「もし気
に入ってもらえたら、ご家族のためにつくり方をお教えするわ。ご家族は、ミセス・グラ
ンジ?」
「男の子がいますけど、もうみんな大人です」ミセス・グランジは用心深く最初のひと口
を食べた。彼女の指は仕事のしすぎで赤くなっていて、指輪もはめていなかった。
「息子さんがいらっしゃるの?」
こくりとうなずいて、ミセス・グランジはまたサラダを食べはじめた。
「四人います。ふたりはもう結婚していて、孫も三人いますよ」
「お孫さんが三人。すばらしいわね、ネイサン? 写真は持ってる?」
ミセス・グランジはもうひと口サラダを食べた。今までこんなものは食べたこともなか
った。弁当に持ってきたコールドミートをはさんだライ麦パンとはまったく違うしろもの

だったが、これはこれでおいしかった。実においしかった。「バッグに何枚かありますよ」

「見せてほしいわ」ジャッキーはミセス・グランジが自分とネイサンのまんなかになる位置に腰をおろした。ネイサンは黙々と食べている。まるで食堂で見ず知らずの人と隣りあわせた男みたいだ。「四人も息子さんが。ご自慢の息子さんたちでしょうね」

「いい子たちですよ」大きくて、厳しいミセス・グランジの顔が少しやわらいだ。「末の息子は今大学に行っています。先生になるんだって言ってね。この子は頭がよくて、心配なんかこれっぽっちもかけませんでしたよ。でも、あとの子はね……」彼女はそこで言葉を切り、頭をふった。「でも、それが子どもを育てるってことなんでしょうね。これは、ほんとうにおいしいサラダですね、ミス・マクナマラ。ほんとうにおいしいですよ」

「ジャックって呼んで。気に入ってもらえてうれしいわ。もう少しコーヒーはいかが？」

「いいえ、もう仕事にもどらないと。このシャツは洗濯に出しますか、ミスター・パウエル？」

「お願いする」

「今お使いにならないのなら、書斎を掃除しますけど」

「いいですよ」

ミセス・グランジがゆっくりと部屋を出ていくと、ジャッキーはボウルを片づけはじめた。ネイサンはアイスコーヒーのグラスごしに、彼女に顔をしかめてみせた。

「いったいなんのまねだ?」

「え?」残ったサラダを小さな皿に移しかえながら、ジャッキーは彼をちらりと見た。

「ミセス・グランジとのことだよ。いったいなんなんだ、あれは?」

「お昼を食べただけよ。この残りを家に持って帰ってもらってもいいかしら?」

「どうぞ、好きにしてくれ」ネイサンはたばこをとりだした。「きみはいつも家政婦と一緒に食事をするのかい?」

ジャッキーはもう一度彼の顔を見て、片方の眉をあげた。「いけない?」

どんな答えをしても、気どった、きざなものに聞こえるような気がして、ネイサンは黙って肩をすくめ、たばこに火をつけた。彼がきまり悪がっているのがわかったので、ジャッキーは話題を変えることにした。

「ミセス・グランジは、離婚したのかしら、それとも未亡人?」

「なんだって?」ネイサンはたばこの煙を大きく吐きだし、頭をふった。「そんなこと知るもんか。彼女がひとり身だって、きみ、なんでわかるんだ?」

「だって、息子と孫の話はしても、夫のことはひと言も話さなかったじゃないの。だから当然彼女に今、夫はいないってことになるわ。それくらい、初歩的なことじゃない、ネイサン」最後のクルトンを口にほうりこみながら、彼女はなおも考えていた。「私は離婚したんだと思うわ。未亡人だったらふつう結婚指輪をずっとはめてるもの。そう考えたことはないの？」

「いいや」ネイサンはじっとコーヒーを見つめていた。ミセス・グランジにはもう五年、いや、ほとんど六年近くも働いてもらっていたが、五分前まで彼女に息子が四人と孫が三人いることすら知らなかったとは、どうしても言いたくなかった。「そんなこと彼女の仕事には関係ないし、余計な詮索《せんさく》はしたくなかったからね」

「そんなのおかしいわ。だれだって自分の家族のことを話すのは好きだもの。どれくらいひとりでいたのかしら」ジャッキーはボウルを洗ったり、カウンターを片づけたりと忙しそうに動きまわった。彼女が手を動かすたびに、指輪がきらきらと光る。「ひとりで子どもを育ててあげることくらいたいへんなことはないと思うわ。あなたは、そのこと今まで考えたことある？」

「なにを考えたって？」

「家族を持つことよ」ジャッキーは二階に持っていこうと、グラスにもう一杯コーヒーをついだ。「子どものことを考えると、私はいつもすごく古風な気分になってしまうの。白い柵《さく》のある家に、車二台分のガレージ、木目模様のパネルのついたステーションワゴン、なんてね。あなたが結婚していないなんて、驚きだわ、ネイサン。こんなに古風な男性がね」

彼女の声の調子にネイサンは顔をしかめた。「ばかにされていることぐらいわかるよ」

「もちろんそうでしょうとも」と言って、彼女は軽く彼の頬をこづいた。「でも、古風なことを恥じることなんか少しもないわ。私はそんなあなたをすばらしいと思っているのよ、ネイサン。ほんとうに。自分の靴下がどこにあるかをちゃんと知っている男性って、どこかかわいいところがあるわ。その男性にぴったりの女性が現れたら、彼女にとっては、それこそ大あたりってものだわ」

彼の手が素早くジャッキーの手首をつかんだ。「今まで鼻をへし折られたことはないのか？」

すっかり楽しくなって、ジャッキーはにっこりと笑った。「今までのところはね。やる気？」

「やってやろうじゃないか」

ふと気がつくと、ジャッキーはスツールに座っているネイサンの膝の上に押し倒されていた。落ちないように彼がつかんでいたが、彼女のほうでも、頭から落ちないためには彼の肩をつかまざるを得なかった。ネイサンがこんなに素早く動けるとは思ってもいなかった。どう仕かえしをしてやろうかと決める間もなく、彼の唇が彼女の唇に押しつけられた。焼けるように熱い唇が。

なぜそんなことをしたのか、ネイサンにもわからなかった。ほんとうにしたかったのは、彼女の首を絞めることだ。だが、もちろん男が女にそんなことできるはずがない。だから、ほかにやりようがなかったのだ。

なぜキスが復讐になると考えたのか、キスをはじめてしまった今ではネイサンにもわからなくなっていた。彼女は抵抗はしなかった。だが、彼女が息をのみ、手にぎゅっと力を入れたことから、少なくとも彼女をびっくりさせはしたようだ、とネイサンは思った。だが、ジャッキー以上にネイサンのほうが驚いていた。自分は衝動的にこんなことをする男ではないはずなのに。

ネイサンは単に彼女がほしいと思っただけではなく、彼女がほしいという思いにとりつかれていた。彼女のことが好きですらなかったのに、今は強く惹《ひ》きつけられている。彼女は頭がおかしいんだ、と思っていた。それなのに、今では間違いなく自分の頭がおかしくなりはじめているという気になっている。今までは何事にもパターンや、構造というものがあると思ってきた。が、ジャッキーにはそれがない。

彼はジャッキーの下唇を軽くかんだ。彼女の低く、静かなうめき声が聞こえる。どうも人生は、いつもいつも幾何学のようにきれいに割りきれるものではないようだ。

これを望んでいたのよ、とジャッキーは心のなかでつぶやいた。そして、手に入れたんだわ。彼に苦汁をなめさせてやるという復讐の思いは、キスに飛びこんでいったとたんにどこかへ消え去ってしまった。すばらしく、甘く、鋭く、熱く、心震えるようなキス。まさにキスとはこういうものと心に描き、望んでいたとおりのキスだった。こういうキスだけを生涯待ちつづけている人もいるだろう。それでもみんながそれを手に入れるということはない。ジャッキーにはそのことがよくわかった。だから両腕をネイサンに巻きつけ、自分のすべてを彼にあげよう、と思った。なんの疑問も、疑いもなかった。

なにかが起こっている。欲望の向こうに、熱情の向こうに。ネイサンはそれを感じていた。自分のなかである変化が起こっていた。風穴があき、向こう見ずなところが生まれてきている。彼女の唇が自分の唇に重なり、彼女のからだが自分の腕のなかでとろけていくのを感じていると、ネイサンは今この一瞬のことしか考えられなくなってしまった。そんなばかな。今まで明日のことを考えずに、きょうのことを思ったことなど一度もなかった。だが、今、この瞬間には、彼女をこうして抱いているということしか考えられなかった。彼女をもっと味わいたい、少しずつ。彼女をもっと知りたい、発見したい。今のネイサンにはジャッキーのことしか頭になかった。

狂気の沙汰《さた》だ。ネイサンにはそれがよくわかっていたし、怖くもあった。が、それでもなお、彼はいっそう強く彼女を抱きしめた。沈んでいく。彼はジャッキーのなかへ沈みこんでいった。自分が自制心を失っていく感覚というのは、おかしくもありエロチックでもあった。ここでとめなければ。今自分のなかで大きくなろうとしているものが、大きくなりすぎて抑えがきかなくなる前にとめなければ。

ネイサンは彼女を引きはなした。厳しく、残酷にふるまおうともがきながら。もうおしまいだ。荷物をまとめて出ていけ、と彼女に言うべきだ。だが、どうしてもそんなことは言えなかった。どんなに彼女に自分の生活から出ていってもらいたいと心のなかで思っていても。

「ネイサン」熱情をかきたてられ、すっかり恋する女になってしまったジャッキーは、片手で彼の頰にそっと触れ、こうささやいた。「ミセス・グランジに言って、帰ってもらいましょうよ。あなたとふたりだけでいたいわ」

言葉が喉にからまり、新たな欲望がつきあげてきた。これほどまでに自分の気持ちをオープンにし、自分の欲求に正直な女性は見たことがない。そんな彼女はネイサンを死ぬほど怖がらせた。彼はしばらく黙っていた。ここでうわずった声を出したり、自分の決意がどうにでもなるものだと見破られたらおしまいだ。

「きみは先走りしすぎている」まるで今のキスも単なるキスにすぎなかったとでもいうように、ネイサンはジャッキーを床におろした。彼女をからだからはなしてはじめて、ネイサンはどんなに彼女が温かさをもたらしてくれていたのかに気づいた。「愛を交わすことがきみの第一の関心事とは思えないし、僕もそうじゃない。僕たちの今の取り決めから考えてみてもね。でも、とにかくありがとう」

ジャッキーの顔から血の気が引いたのを見て、ネイサンは自分の身を守るために言いすぎたことに気づいた。

「ジャッキー、そんなつもりで言ったんじゃないんだよ」

「違うって言うの？　どうでもいいわ」ジャッキーはあまりの胸の痛さに驚いていた。恋におちることを、深く盲目的に美しい恋におちることをずっと夢見てきた。この痛みが、恋におちるということなんだわ。手で胃のあたりを押さえながら、ジャッキーはそう思っていた。詩人ならこの気持ちを書きとめておくのだろう。

「ジャック、聞いてくれ――」

「いいえ、聞きたくないわ」自分に微笑みかけるジャッキーを見て、ネイサンは彼女の本来の笑顔がどんなにすばらしいものだったのかに、改めて気づいた。「説明なんかいいのよ、ネイサン。ちょっと言ってみただけなんだから。私のほうこそ強引すぎたことを謝らなきゃいけないわ」

「やめてくれ。謝ってなんかほしくない」

「そう？　それじゃ、それでいいわ。どうせ、言葉が出そうもなかったしね。もう仕事にもどらなきゃいけないんだけど、その前にひとつだけ」恐ろしく冷静に、ジャッキーはアイスコーヒーのグラスを持ちあげると、彼の膝の上に中身をぶちまけた。「夕食のときに会いましょう」

5

ネイサンは自分に腹をたてていた。それでも、自分の怒りを彼女のせいにしたほうが簡単だし、気も楽だった。僕はキスなんかしたくなかった。彼女がそうさせたのだ。彼女を傷つける気持ちも毛頭なかった。それなのに、彼女がそうさせてしまったのだ。この何日かのあいだに、彼女が僕を、衝動的で短気な男に変えてしまったのだ、と。

僕はほんとうはいい人間なのだ。ネイサンはそう確信していた。もちろん、非情にもなれるし、仕事では気の短い完全主義者になることもある。瞬時に人を雇ったり、解雇したりすることもできる。だがそれは仕事上でのことだ。私生活では、今まで人に嫌われるようなことをしたことは一度もない。

つきあう対象として女性を見るときは、いつもまずルールを重んじてきた。ふたりの関係が深まっても、ふたりとも自分たちの可能性と限界を十分わかっているというようにしていた。

女性の友人がいないというわけではない。健康な大人の男性がまったく女性を寄せつけずに生きていくというのは不可能なことだ。だが、自分のほうから行動に出たり、提案をしたりした場合、必ずそれがどう動くかといった一定の流れというものがあった。男と女が友達以上の関係になろうとするときには、愛情を持つと同時に警戒もしながら双方が責任を持って関係をつくってきた。そうなるまでに、十分時間をかけて相互の理解も育《はぐく》んできたものだ。

だが、あのパセリサラダのあとの台所での出来事は、ネイサンの考える良識ある大人の関係と呼べるものではなかった。

こんな考え方が古くさいと言われるのなら、確かにネイサンは古くさいのだろう。だが、問題は、あの台所のカウンターでのキスが、今まで彼が経験した、入念に準備され考えぬかれた大人の関係のどれよりも意味を持ち、彼を揺さぶったということだった。自分の生活がこんなふうになることを望んではいないのに。

ネイサンが父親から教えてもらったことは、正しいネクタイの結び方くらいしかなかった。しかし、女性を尊重し、賛美し、注意して扱わなければならないことはちゃんと知っていた。彼はずっと紳士だった。ここぞというときにはばらの花を贈り、軽く触れたり、愛の言葉をささやくことも心得ていた。

女性をいかに扱うか、いかに正しいコースにそって関係の舵《かじ》をとっていくか、いかにきれいに別れるかを心得ていた。他人が自分に近づきすぎないように用心しすぎていると言われるかもしれないが、彼にはそれだけの理由があった。父親から反面教師として学んだもうひとつのことは、守れもしない約束は決してするな、きっと壊れることがわかっている関係はつくるな、ということだった。今までずっと自分のプライドにかけて、つきあっていた女性と別れることが必要となったときには、その後も友達でいられるような別れ方をしてきた。

だが、ジャッキーと別れて友達でいるなんてことができるだろうか？　まだ友達にもなっていないというのに。ジャッキーのような女性とある関係がはじまり、それが終わるとすれば、たいへんな修羅場と逆襲なくしては終わらないだろうということくらいわかっていた。終わりもはじまりと同じように、理屈ぬきの突発的なものになるに決まっている。

ネイサンは、軽はずみな性格や、すぐにかっとなる短気な人間が嫌いだった。自分が集中するのに邪魔になるからだ。

彼に今必要なことは、ギアを入れなおすこと——つまり、次なるプロジェクトの準備をし、人とのつきあいを再開させることだ。ドイツでの総合レジャービルの仕事に時間をかけすぎてしまい、やっと家に帰ってきたというのに、心が休まる暇がなかった。

それも自分のせいなのだ。ネイサンは潔くその分の責任はとろうと思った。あの招かれざる客もあと一週間いるだけだ。彼女にもそのことはわかっている。一週間で出ていくのだ。出ていけばすぐに忘れてしまう。

着がえてプールにでも入ろうとネイサンが階段をのぼっていくと、ジャッキーの笑い声が聞こえてきた。彼女がいつもの早口でしゃべっている。ネイサンはふと足をとめた。彼女の部屋のドアが開いていて、声が外にもれていたのだ。これは、立ち聞きなんかじゃない。ネイサンはそう自分に言い聞かせた。どっちみちここは自分の家だ。

「ホノリア叔母さん、いったいなんでそんなこと思うの?」椅子にもたれ、受話器を肩と顎のあいだにはさんで、ジャッキーは足の爪にマニキュアを塗っている。「もちろん、フレッドのこと怒ってなんかいないわよ。なんで怒らなきゃいけないの? 彼はすばらしいことをしてくれたのよ」ジャッキーはネイルエナメルの刷毛《はけ》を瓶のなかにつけこみ、自分の思いも胸のなかにしまいこんだ。「この家は最高よ。まったく私が探していたものにぴったりなの。それに、ネイサンは――この家の持ち主なんだけど――ええ、そう、彼、すごくかわいいの」

ジャッキーは足を伸ばして、爪の塗り具合をほれぼれと眺めた。小説を書くことと料理に追われて、ここ何週間もペディキュアをする暇もなかった。〝どんなに忙しくても、女はいつでも頭の先から足の先までちゃんとしてなきゃいけませんよ〟と母がよく言っていたものだ。

「いいえ、私たちうまくやっているわ。彼、ちょっと人間嫌いみたいなところがあるから、それぞれが勝手に好きなようにやってるの。私が彼に料理をつくってあげているのよ。おかげで、彼ったら少しおなかが出てきたみたい」

ドアの外で、ネイサンは思わず自分のおなかに手をあてた。

「いいえ、すごくやさしいわよ。うまくやってるって。私の叔父さんってところかしらね。そういえば、彼、頭のはえぎわのところがちょうどボブ叔父さんみたいに後退してきているのよ」

今度はネイサンの両手が髪にいった。

「叔母さんが安心してくれてうれしいわ。いいえ、じゃあフレッドにはすべてうまくいってるからって、きっと伝えておいてね。ほんとうは私のほうから連絡しなきゃいけないんだけど、どこに連絡したらいいのかわからないのよ」

しばらく沈黙があった。それが冷ややかなものであることが、なぜかネイサンにもわかった。

「もちろん私だって、フレッドがどんな人だかわかっているわよ」

小さくあいづちを打つ声や、小声で笑う声が廊下に聞こえてきた。ネイサンがもう行こうと思ったとき、またジャッキーがしゃべりだした。

「あ、そうだ。もう少しで忘れるところだったわ。叔母さんがホーキンスの地所を買ったときに使ったあの不動産業者、なんていったかしら?」

ジャッキーはペディキュアの足をかえ、さらに続けた。

「実はね、まだ内密の話なんだけど、叔母さんなら信頼できるから。このへんの土地でね、十ヘクタールほどなんだけど、出物があるみたいなの。ここの南で、シャッターズ・クリークって呼ばれているところなんだけど。ええ、いい話みたいでしょ。とにかく、この話、だれにも言わないでおいてくれるわね」

ジャッキーはにっこりし、爪を塗りながら、叔母が請けあうのを聞いていた。ホノリアの約束ほどあてにならないものはない。

「ええ、叔母さんなら大丈夫と思って言ったのよ。とにかく、そこが底値で売られるらしいの。もちろんそうでなかったら私が興味を持ったりしないわよ。そうでしょ？　今のところは単なる沼地よ。でもね、アレゲニー・エンタープライズが――ほら、すてきなリゾート地をどんどんつくっている――あそこがここの沼地の水をくみだして、盛り土をして、アリゾナに彼らがつくったような気どったリゾート地にすることを考えているらしいのよ。そう。あの砂漠だったところにすてきなのをつくったでしょ。ああいうのを」

ジャッキーは向こうの言葉に耳を傾けていた。

敵が餌《えさ》に食いついてくるまでに、このあとどういうふうにすればいいのか十分心得えて、

「私の友達がこっそり教えてくれたの。さっさと買って、アレゲニーに転売したいのよ。友達の話だと、彼らは相場の三倍の値段で買うって言ってるんですって。ええ。わかってるわ。ちょっとうますぎる話だものね。でも、内緒よ、叔母さん。ええ、ええ。私がフロ

リダの地元の不動産会社を使いたくない理由はそこなのよ。いいえ、まだママにもパパにも言ってないわ。私がびっくりさせるのが好きなこと、叔母さんも知ってるでしょ。そうよ、叔母さん、チャンスが見えてるんだもの。なにか手を打たなくっちゃ。じゃあ、みんなによろしく。また連絡するわ。さよなら」

気をよくしたジャッキーは、椅子に座ったまま伸びをし、回転椅子をくるりとまわした。

「あら、ネイサン」

「どこからそんな話を聞いてきたかは知らないが、またお金を失いたくないのなら、シャッターズ・クリーク以外の場所を探すことだね。あそこは十ヘクタールすべて泥で蚊しかいないよ」

「そうよ。知っているわ」からだのやわらかいジャッキーは、足の爪のエナメルが乾くようにつくるため脚をぐるりとまわした。仮に彼女が爪先を耳のうしろに引っかけて、にっこり笑ったとしてもネイサンは驚かなかっただろう。「私の目算違いでなければ、ここ二日のうちにフレッドが、その蚊だらけの土地の所有者になるはずよ」ネイサンに微笑《ほほえ》みかけながら、ジャッキーは頭の後ろで腕を組んだ。「仕かえしをするなら、相手のいちばん痛いところをねらえというのが私の信条なの。フレッドの場合、それは財布よ」

ネイサンは思わず部屋のなかに一歩入った。「彼に仕かえしの種をまいたってわけかい？」

「そのとおり。それに、これはジャックの豆の木みたいに、ひと晩で芽を出すのよ」

彼は思いをめぐらせた。汚いやり方だ。非常に汚いやり方だ。しかし、自分がそういうことを思いつかなかったことがくやしかった。「でも、彼がそれに飛びつくって、どうしてわかる?」

ジャッキーはただ微笑んでいるだけだった。「賭《か》ける?」

「いや」しばらくして、彼は言った。「いや、賭けたりなんかはしない。で、一ヘクタールいくらって言ってるんだい?」

「ああ、たったの五千ドルよ。フレッドだったらたいして苦労せずに、五万ドルくらい、借りるか盗むかして工面できるわ」

エナメルの重ね塗りをしようかと迷ったあげくに、ジャッキーはしないことにして瓶のふたをしめた。

「私はいつでもつけは返すことにしているのよ、ネイサン。例外なくね」

これは自分に対する警告だ、とネイサンは思った。そして、そうされてもしかたがない、と覚悟を決めた。「こんなこと言ってもなんにもならないかもしれないけど、もうアイスコーヒーは飲めないような気がするよ」

ジャッキーはゆっくりと脚を組んだ。「そう」

「それから、僕は、はげかけてなんかいないぞ」

ジャッキーはちらりと彼の頭を見た。黒い髪の毛がふさふさと生えている。指で髪をつかんだときの感触がまざまざとよみがえってきた。「そのようね」

「おなかも出てなんかいない」

舌をかみながら、ジャッキーは視線を引きしまった平らな腹部に移した。「ええ、まだ今のところはね」

「それに、僕はかわいくなんかない」

「そうね……」彼と再び目を合わせたジャッキーの目は笑っていた。「やっぱりかわいいわ。落ちついて、男らしいという意味あいでだけど」

ネイサンはなにか言いかえそうと口を開きかけたが、やめたほうが安全だ、と思いなおした。「悪かった」本気でそう言おうと思う前に口が動いていた。

ジャッキーの口もとがほころび、目がやわらいだ。謝られれば、復讐《ふくしゅう》はとりさげるしかない。「そうね。あなたがそう認めるなら、今までのことは水に流してやりなおす、ネイサン？」

こんな簡単なことだったとは。そう、ジャッキーが相手なら、ものごとは簡単に水に流せるということをネイサンは知っておくべきだった。「ああ、そうしたい」

「わかったわ。それじゃあ」そう言って、ジャッキーは椅子から立ちあがり、手を差しだした。「友達？」

ネイサンには、ふたりが友達にはなれない理由を山ほどあげられる、とわかっていた。にもかかわらず、彼は手を差しだした。「友達だ。泳ぐ？」

「ええ」彼にキスしてもいいわ、とジャッキーは思った。キスしたい。だが、その気持ちを押しとどめて、ジャッキーは微笑んだ。「五分で着がえるわ」

実際には五分もかからなかった。彼女がプールサイドに現れたとき、ネイサンはちょうど水面に顔を出したところだった。目から水を払いおとし、彼女に焦点を合わせる間もなく、ジャッキーは彼のそばに飛びこんだ。そして、きれいに浮きあがると、髪が後ろに流れるように頭を反らせた。

「お待ちどおさま」

「動きが敏捷《びんしょう》だね」

「まあね」彼女はゆっくりと横泳ぎで泳ぎはじめた。

「私、ここのプールが大好きなの。そのせいでここを借りることにしたくらいなのよ。家にプールがずっとあったから、三カ月もプールなしで過ごすなんていやだったのよ」

「お役にたってうれしいよ」ネイサンはそう言ったが、思っていたほど皮肉に聞こえなかった。彼女はにっこり微笑み、ほとんどさざなみの立たない平泳ぎに切りかえた。「ずいぶん泳いでいるみたいだね」

「昔ほどじゃないわ」いとも簡単に彼女は水の上でくるりと向きを変え、仰向けになった。

「私、十代のころに二年ほど水泳部にいたのよ。本気でオリンピックをめざしていたわ」

「そう聞いても驚かないよ」

「やがて私はコーチに恋をしたの。彼の名前はハンクよ」ジャッキーは目を閉じ、昔を思いだしてため息をついた。「それ以来、自分のフォームに集中することができなくなってしまったの。私は十五で、ハンクは二十五。私たちが結婚して、リレーチームを養成しているところばっかり想像していたわ。でも、彼は私の背泳にしか興味がなかった。で、彼の注意を引くために、私、溺《おぼ》れているふりをしたの。彼が私を引っぱりあげ、口うつしで人工呼吸をする。そして、ふと気がつくと彼は気も狂わんばかりに私を愛していて、私なしではとても生きてはいけなくなっている。そんなことを想像しながらね。その日にかぎって、父が練習を見学にきてたなんて、私が知ってるはずないでしょう?」

「そんなことだれにもわからないよ」

「そうでしょ。で、父がウールのスリーピースにスイス製の腕時計をはめたまま、プールに飛びこんだってわけよ。スーツも時計ももちろんひどいことになったわ。私をプールサイドに引っぱりあげたときには、父はもうかんかん。チームの仲間たちは、父のこの態度をショックのせいだと思ったようだけど、違うわ。父は私のことを知りすぎるほど知っていたの。私はあっという間に水泳部をやめさせられて、テニスコートにほうりこまれたわ。女性のプロをつけてね」

「きみのお父さんはずいぶん賢い人みたいだね」

「J・D・マクナマラはそりゃあ鋭いわよ。父の右に出る人はいないわ」

「きみは家族とは仲がいいの？」

そう聞いたネイサンの声は、ジャッキーにはどこかさびしげに聞こえた。「すごくね。ちょっと仲がよすぎるかしらと思うこともあるくらい。私がいつも家からはなれたどこかでなにか新しいことをはじめるのは、たぶんそのせいだと思うわ。もし、父の思うとおりになっていたとしたら、私は今ごろ彼が選んだ男の人とニューポートの家にいて、彼の孫を育てながらおとなしくしているはずよ。あなたのご家族はフロリダにいるの？」

「いや」

今回ははっきりと感じられた。彼はこの話題を避けたがっている。また彼をいらいらさせたくなかったので、ジャッキーは深追いするのをやめた。「競争する？」

「どこまで？」そう言いながら、ネイサンはあくびをしそうになった。こんなに心からくつろげたのはいつ以来だろうか？

ネイサンの目が軽やかで親しみやすくなり、口もとに微笑みが浮かんでくると、ずっと前から知っているだれかのような気がしてくる。というか、そうだといいのに、と思ってしまうのだった。

「あなたが好きよ、ネイサン。ほんとうに」

「僕もきみが好きだよ」ジャッキーに微笑を返さずにいるなんて不可能だった。ちょうど、彼女がそばにいたらそっちを見ずにはいられないように。彼女には人を強く惹《ひ》きつけるなにかがあった。彼女と一緒にいると、蒸し暑い日に冷たい湖にもぐるような気持ちがする。身を震わせるようなショックがあるが、歓迎したいショックだった。

自分でも気がつかないうちに、ネイサンは手を伸ばして、ジャッキーの濡《ぬ》れた髪を耳の後ろにかきあげてやっていた。僕らしくもない。僕はこんなに気やすく女性に触れたりしないはずなのに。指が彼女の頬に触れたとたん、またひとつ間違いをしてしまった、と気づいた。自分がかかえこもうとしているものがいったいなんなのか確かではないのに、どうしてそれがもっとほしいと思ったりするのだろうか。

彼が手を引こうとしたとき、ジャッキーが少し前かがみになり、彼の手をとった。そして、彼の指を自分の唇のところに持っていく。その動作のあまりの自然さに、ネイサンは驚いた。

「ネイサン、私が気にしなきゃいけない女の人がいるの？」

ネイサンは、手を引かなければ、と思いながらもそうできないでいた。彼の手と彼女の手は指をからませた形でとまっている。「どういう意味？」

「つまり、あなたはつきあってる女性はいないと言ったけど、私はだれかいるんじゃないかという気がするの。私、競争するのはかまわないの。ただ知っておきたいのよ」

そんな女性はいなかった。たとえいたとしても、その女性の思い出なんか、煙のように消えてしまっていただろう。彼はそんな自分が不安でならなかった。「ジャック、きみは僕が一歩行くところを、二歩も三歩も先んじているよ」

「そうかしら?」ジャッキーは少しからだを動かした。ほんの少し動いただけで、彼女の唇が彼の唇にそっと触れた。その感触だけで満足して、強く押しつけることはしなかった。

「あなたが私に追いつくまで、どれくらいかかるかしら?」

手を動かした覚えはないのに、ふと気がつくとネイサンの手は彼女の顔を包みこんでいた。自分の肌の上に残っていた水がしゅーっと音をたてて蒸発していくような気がする。簡単なことだ。彼女はその気だし、自分も求めている。ふたりとも男と女のことのルールも危険もわきまえた立派な大人だ。ふたりのあいだにはなんの約束もなければ、なんの要求もない。

だが、彼女の唇が開くのを感じ、彼女を求めてからだがうずくなかで、ことはそう簡単にはいかないことくらいネイサンにはわかっていた。

「僕には、きみを受け入れる心の準備ができていない」そうつぶやきながらも、彼はジャッキーをプールサイドのコンクリートの上に横たえた。

「じゃあ、なにも考えないで」ジャッキーは腕を彼に巻きつけた。彼女はずっと待っていた。彼女が彼を、彼だけをずっと待ちつづけてきたことは、どう説明してもわかってもらえないだろう。彼を求め、その欲求に身を投じることは、実に簡単で自然なことなのだ。どういうわけかジャッキーには、子どものころから、自分にふさわしい男性はたったひとりしかいないということがわかっていた。だが、その男性が、どうやって、いつ見つかるかはわからなかった。見つからなければ、家族や友人から受ける愛情だけで満足して、自分ひとりで生きていくつもりだった。二番目《セカンド・ベスト》によいものに甘んじるなんて、ジャッキーには考えられないことだったのだ。

だが、今その彼がここにいる。彼女と唇を重ね、彼女のからだを暖めてくれている。生涯夢に見てきたものが、今自分の腕のなかにあるというときに、明日のことやあさってのことなど考える必要があるだろうか。

「僕はどんなことでも、それがどういうふうに終わるかがわかってからはじめたいんだ」

彼の言う意味がよくわかったので、ジャッキーは長いため息をもらした。「困ったものね。そんなことをしていたら、ずいぶんたくさんのものを失ってしまうわ、ネイサン」

「でも間違いは少なくてすむ。僕は間違いを犯したくないんだよ」

「私は間違いなの？」彼女の目に面白がっているような色が浮かんだので、ネイサンはほっとした。

「ああ。きみははじめから間違いだった。きみがここにいなかったほうがよかったことくらい、きみもわかっているだろう」

ジャッキーは片方の眉をあげてみせた。「私を追いだすつもり?」

「いや」そう言ったのがあまりに早すぎたので、ネイサンは内心毒づいた。「そうすべきなんだろうけど、できそうにない」

ジャッキーは彼の肩にそっと手を置いた。彼のからだがまたこわばる。「あなたは私がほしいのよ、ネイサン。それがそんなにひどいことなの?」

「僕は自分がほしいと思っているものをすべて手に入れようとは思わない」

彼女は顔をしかめて、しばらく考えていた。「そうね、あなたはそうだわ。分別がありすぎるのよ。そこが私があなたを好きなところでもあるんだけど。でも、結局あなたは私と愛を交わすことになるわよ、ネイサン。だって、私たちってどこかぴったりくるところがあるもの。それに、ふたりともそのことがわかっているし」

「僕は魅力を感じた女性のすべてと愛を交わすわけじゃないよ」

「そう聞いてうれしいわ」ジャッキーは完全に起きあがり、膝をかかえこんで座った。

「こんなふうに気のおもむくままに好きなことをするっていうのは、いろんな意味で危険なんだよ」

ネイサンのほうに顔を向けて、ジャッキーはまじまじと彼の顔を見た。「あなたは私がときめきを感じた男性とならだれとでもベッドをともにすると思っているの?」

もぞもぞとネイサンは肩を動かした。「僕はきみのことをよく知らないし、きみのライフスタイルも知らない」

「そうね、でもそれはおたがいさまだわ」ジャッキーはものごとは公平なほうがいいと思っていた。「とにかく、セックスの問題を片づけてしまいましょうよ。ちょっぴりロマンチックじゃなくなるけど、でもそのほうがすっきりするわ。私も二十五。今までに数えきれないほど恋におち、恋の終わりも経験しているわ。恋におちるほうが好きだけど、でもいつも長続きしないの。ネイサン、あなたには受け入れにくいことかもしれないけれど、私、処女じゃないの」頭をふり、うつむいてしまったネイサンの肩をジャッキーは軽くたたいた。「ショックなんでしょ？　はっきり言うわ。私には過去に男の人がいた。実際にはふたり。はじめてのときは、私の二十一歳の誕生日だったわ」

「ジャック――」

「わかってるわ」ジャッキーは手で彼の言葉をさえぎった。「今どきの女性にしては遅すぎると言いたいんでしょ。でもね、私、流行に従うのはいやなの。私は彼に夢中だったわ。彼、イエーツの詩を引用できたのよ」

「なるほどね」

「あなたならわかってくれると思ったわ。それから、一年前に私は写真の勉強をはじめたの。雰囲気のあるモノクロの写真よ。そこで、ふたり目の男性に会ったの。黒い革ジャンを着て、世をすねたような顔をしていたわ」今の彼女の目には、感傷の色よりは面白がっているような表情のほうが強く浮かんでいた。「でも、それ以来、私の心を動かすような男性はいなかったわ。あなたに会うまではね」

ネイサンは座ったまま、彼女の人生で今まで重要な男性はふたりしかいなかったことをなぜ自分が喜ばなければならないのだろうと思っていた。なぜ自分はそのふたりに対して、嫉妬《しっと》を感じているのだろう。しばらくして、彼はもう一度ジャッキーの顔を見た。光のかげんが微妙に変わっている。そのせいで彼女の肌が温かく見えた。

「きみが悪知恵みたいなものをまったく持っていないのか、それともだれよりもそれにたけているのか、そのへんの判断が僕には全然つかないんだよ」

「どうなんだろうって考えることがあるってすてきじゃない？　私がものを書きたいのもそこだと思うの。最初から最後までその連続だもの」ジャッキーはほんのしばらく黙ってなにかを考えていたが、それも長くは続かなかった。「ネイサン、あなたはまたけげんに思うかもしれないけど、私、あなたに恋しているの」

そう言い終えると、ジャッキーはこうするのがいちばんいいと思って立ちあがった。

「そのことであなたに心配してもらいたくはないわ」ネイサンはびっくりしてものも言えないまま座っている。「私はただ、ものごとをわきに押しやるようなふりをするのがいやなだけなの。もちろんいいことの場合の話だけど。じゃあ、私はなかに入って着がえをして、夕食の用意をするわ」

ジャッキーはネイサンを置いたまま行ってしまった。こんなにも簡単に爆弾を落とすようなまねをしておいて、それがどれほどの危害を加えたかを調べもせずに行ってしまう人間がいるだろうか、とネイサンは思っていた。ジャッキーならありうることだ。

彼女が僕に恋してるって？

6

自分の気持ちをネイサンに言ってしまったことをジャッキーは別に恥ずかしいとは思わなかった。言葉をとり消したいとも思わなかった。一度下した決断をあとからいろいろ思ってみてもはじまらない、というのが彼女の信条だった。

どんな場合にも、言葉をとり消したり、言ったことを後悔したりしてみても、それがほんとうだという事実は変わらない。ジャッキーははじめ、彼と恋におちるつもりなどまったくなかった。そのことがこの事実を、余計に甘く、重要なことにしている。今までのケースだと、男性を見ると、この人ならと思い、それから恋におちるように自分から仕かけていったようなところがあった。

だが、ネイサンとの場合は、計画も考慮もないうちにまったく不意にやってきた。突然そうなってしまったのだ。

彼はジャッキーに完全に似合いの男性というわけではなかった。少なくとも、彼女が以前想像していたような男性ではなかった。今でも自分が内心理想の男性像としてリストアップしていた条件を彼がすべて満たしていると言いきる自信はない。

だが、そんなことは問題ではなかった。だって彼を愛しているのだから。

ジャッキーは、どういう形にせよネイサンらしい方法で答えを出せるまで、彼に時間を与えようと思っていた。数日間、いや一週間でも。自分に関するかぎりはもう疑問の余地はない。彼を愛している。それだけのことだ。従兄《いとこ》のフレッドを介して、運命がふたりを出会わせたのだ。おそらくネイサンにはまだそのことがわかっていないのだろうが。スフレをつくるために卵を泡だてながら、ジャッキーは微笑《ほほえ》んでいた。そう、ネイサンはまだ知らないけれど、私こそ、彼が必要としている人間なんだわ。

ジャッキーには数年後のふたりの姿が目に浮かぶようだった。そのころにはおたがい完全に理解しあっていて、相手の考えていることが手にとるようにわかるようになり、今よりもっと親密さを増しているはずだ。いつもいつも相手のことに同意はできなくても、理解はできるはずなのだ。ネイサンは設計図を引き、会議に出かけ、一方私のほうは小説を書き、ときどきは編集者と昼食をともにするためにニューヨークへ出かける。

彼が仕事で遠くに出かけるときは、私も彼の仕事の補佐をしながら一緒に出かける。ちょうど彼も私の仕事に協力してくれるように。彼が自分が設計した建築物の現場で監督をしているあいだ、私は自分の取材をする。

子どもができるまではそんな生活が続くだろう。子どもが生まれたら、数年間はふたりともなるべく家のそばにいるようにし、家庭を大切にしよう。子どもは男の子か、女の子かとか、髪の色は何色かとかは考えたくなかった。そういう大切なことはなにも予期せずに驚かされるほうがいい。だが、子どもができればネイサンがめろめろの甘い父親になることだけは確かだという気がした。

そしてそんな彼のそばにはいつも、彼の肩の凝りをほぐし、彼のむっつりしたムードを笑いとばし、彼の才能が花開くのを見ている自分がいる。私がそばにいれば、彼はもっと笑うようになるはずだ。そして、彼がいれば、私はもっと落ちつける。私は彼を誇りに思い、彼も私を自慢にする。私がピューリッツァー賞をもらう日には、ふたりは浴びるほどシャンペンを飲み、夜どおし愛しあうだろう。

実に簡単なことじゃないの。今私がしなければならないことは、彼がこの簡単な事実に気づくのを待つことだけ。

そのとき電話のベルが鳴った。

卵の入ったボールを片腕にかかえたまま、ジャッキーは壁にとりつけてある受話器をとった。「もしもし」

わずかにとまどったあと、美しく抑制のきいた声がこう言った。「ミスター・パウエルのお宅でしょうか?」

「ええ、そうですが。どういうご用件でしょう?」

「ネイサンと話したいんですが。こちら、ジャスティーン・チェスターフィールドです」

名前を聞いたとたんジャッキーの頭のなかでベルが鳴った。最近離婚したばかりの、あの社交界の花形のジャスティーン・チェスターフィールド。ブリッジポートでも、モンテカルロでも、サンモリッツでもこの名前を聞かない日はない。ジャッキーは予感というものを信じていたが、今この名前からくる予感がどうも好きになれなかった。

思わず電話を切ってしまいたい衝動にかられたが、そんなことをしてもなんの解決にもならないと思いなおした。

「わかりました。彼が電話に出られるかどうか、見てまいりますわ、ミセス・チェスターフィールド」と、ジャッキーの母親が聞いたら喜びそうな、ゆったりした品のある声で返事をする。

電話の向こうの声に嫉妬《しっと》するなんて、ばかげている。それに、そもそも嫉妬なんてジャッキーに似合わなかった。しばらく電話に向かって舌を出してから、ジャッキーはネイサンを捜しにいった。

ちょうどネイサンは階段をおりてくる途中だった。「電話よ。ジャスティーン・チェスターフィールドから」

「そう」一瞬うしろめたさを感じた自分に、ネイサンはまごついてしまった。なぜ昔からの友人から電話がかかってきたことで、うしろめたさを感じなければならないのだ？

「ありがとう。書斎でとるよ」

ジャスティーン・チェスターフィールドのことをいまいましく思いながら、ジャッキーは卵を泡だてつづけ、できたスフレの種を鍋《なべ》に流しこんでいた。

「ジャッキー？」

むりに笑顔をつくりながら、ジャッキーはふりかえった。「すんだの？　ジャスティーンとのおしゃべりは楽しかった？」

「実は今から出かけることになったんで、夕食はいらないよ。それが言いたかったんだ」

「ふーん」平気なようすで、ジャッキーはまな板にきゅうりを置いて、薄く切りはじめた。「ジャスティーンの二度目の――いえ、三度目だったかしら――離婚はうまく成立したのかしら」

「僕の知っているかぎりではね」ネイサンはドア枠にもたれ、ジャッキーが驚くべき正確さで包丁を動かすのをじっと見ていた。嫉妬だ。僕はなにもしていないのに、彼女は嫉妬している。そう思って、ネイサンは口を開きかけたが、やめにした。なんで説明なんかしなくちゃならないんだ。ばかばかしいことだが、もし彼女が僕とジャスティーンのことを誤解しているのだとしたら、それこそ願ったりかなったりじゃないか。「じゃあ」

「いってらっしゃい」ジャッキーはそう言って、わざとらしくとんと包丁を打ちおろした。

玄関のドアが閉まる音が聞こえるまで、彼女はふりむきもしなければ、きゅうりを刻むのもやめなかった。それから、目に入りそうな髪をかきあげ、スフレの種を流しに捨てた。ひとりならホットドッグを食べるだけでいいわ。

仕事にもどり、調子のいいタイプの音を聞いていると気分が紛れた。ジャッキーはジャスティーンのことを思い描きながら、新たな敵役の女性、カルロッタを登場させることにした。邪悪な女カルロッタが主人公のジェイクとセーラにいろいろと邪魔をしかけてくることを考えていると、面白いように仕事がはかどる。

ほっとひと息ついたとき、まだ真夜中までには間があった。別にネイサンを待っているわけじゃないわ。そう自分に言い聞かせながら、ジャッキーはせいぜい月に一度か二度しかしない顔のマッサージをしたり、マニキュアをしたり、雑誌をぱらぱらめくったりしていつまでもぐずぐずしていた。

午前一時に、しぶしぶベッドサイドのスタンドの明かりを消し、ベッドに横たわってじっと天井を見つめる。

結局みんなの言うとおりなのかもしれない。私はやっぱり頭がおかしいのかもしれない。自分にほとんど関心も持っていない男性に恋をするなんて。そう思うと心が痛んだ。ほんとうの心の痛みを経験するのはこれがはじめてだったが、その感覚はとても好きにはなれそうになかった。

でも、私は彼を愛しているのだ。全身全霊で。イエーッ通の彼のときとも、革ジャンの彼のときとも全然違う。彼らは興奮をもたらしてくれた。ちょうど全速力で短距離をかけぬける前のような興奮を。だが、それはマラソンに備えるときの気持ちとは全然違うものだ。マラソンの前にも興奮はあるが、そのほかに長距離を走りぬくのに必要な知識を備えたしっかりとした決意のようなものがいる。それと覚悟も。

書くこともそうだ。そう思って、ジャッキーはベッドのなかで起きあがった。このふたつの共通点が急にはっきりしてきたのだ。今まで夢中になってはすぐに飽きてしまったいろいろなことが、書くということのための準備だったような気がする。

ネイサンへの愛もまったく同じだ。今まで好意を持った男性は全員、彼女が残りの人生のすべてをともに過ごしたいと思っている、たったひとりのこの男性へ飛びこむための踏み台、スプリングボードだったのだ。

もしだれかが私がものを書くことを邪魔したら、我慢できるだろうか？　いいえ、一分たりとも我慢できない。心のなかで腕まくりをしながら、ジャッキーは座りなおした。私と彼のあいだもだれにも邪魔させないわ。ジャスティーン・チェスターフィールドとも闘うことになりそうだった。

ネイサンはもう一時間も前に帰ってきていた。駐車した車のなかに座ったまま、窓からたばこの煙をたなびかせてじっとしている。自分の家に入るのに用心しなければならないとはおかしなことだが、実際そのとおりだった。彼女があそこにいる。寝室に。今では彼女の部屋となったあそこに。あの部屋が単なる客室となることはもう二度とないだろう。ネイサンは彼女の部屋の明かりがついているのも見たし、明かりが消されたのも見た。眠っているのだろう。ネイサンは、自分がまたぐっすりと眠れるときがくるとは思えなかった。

ああ、なかに入りたい。階段をのぼって彼女の部屋に行き、彼女の言った言葉を盾にわれを失いたい。それともあれは脅しの言葉だったのか。何度も何度も、ネイサンはプールサイドでの出来事を思いかえしていた。ふたりでプールサイドに腰をおろしていたとき、彼女が僕を見たあの顔。ついていた水滴が乾いていく肌の感じ。そして、彼女のあのときの声の響き。〝私、あなたに恋しているの〟

どうして簡単にあんなことが言えるのだろうか？

言える、言えるとも、彼女なら。ジャッキーのことがわかりかけてきていたネイサンには、恋におち、それを宣言することは、ジャッキーにとっては息をすることのように簡単なのだということがよくわかっていた。だが、彼女は自分に恋していると言っているのだ。

僕はそれを利用しようと思えばできるのだ。そのことを彼女は責めさえしないだろう。自分が夢に描いていることを――彼女の部屋に入っていき、夕方プールサイドでやりかけたことの続きを——なんのうしろめたさを感じることもなくできるのだ。

だが、そんなことはできなかった。あのときの彼女の信じきった、正直な、そしてひどく傷つきやすい目を忘れることができなかったから。彼女は自分を、タフで逆境に強いと思っている。ある程度まではそのとおりだとネイサンも思う。しかし、もしジャッキーがほんとうに僕を愛しているのなら、そして僕が、愛ゆえに彼女が差しだすものを気軽に受けとり、傷つけてしまったら、彼女は二度と立ちなおれなくなってしまうだろう。

それならいったいどうしたらいいのだろう？

きょうの夕方はそのことがわかっていると思っていた。ジャスティーンに会いにいくことは、ジャッキーとのあいだに距離を置き、自分たちの関係がどんなにばからしいものかをおたがいにわからせるための計算された行動だったはずだった。

ところが、黄金色と白で統一され、趣味のいいフランスの骨董《こっとう》品の家具を配したジャスティーンのしゃれたマンションに行っても、考えることはジャッキーのことばかりだった。ジャスティーンの家政婦がつくったすばらしいポーチド・サーモンが出されたが、ネイサンははじめての夕食にジャッキーがつくってくれた例のスパイスのきいたチキンがむしょうに食べたくなった。

なめらかな白い部屋着を身にまとい、小麦色の髪をきれいに後ろでまとめたジャスティーンがブランデーをついでくれたときも、ネイサンは微笑んではいたが、ショートパンツ姿のジャッキーのことばかり考えていた。

ジャスティーンは古い、大切な友人だった。彼女と一緒にいると心からくつろげる。おたがいの家族のこともよく知っている。ふたりの意見は必ずしも同じというわけではなかったが、十分に許容できるものだった。知りあって十年以上にもなるが、ふたりが恋人同士だったことは一度もない。その間ずっとふたりのあいだには、軽い、親しい者同士のあいだに感じる愛情のようなものはあったが、ジャスティーンの何度かの結婚と、ネイサンが旅行がちだったことがふたりをそうさせないできたのだった。

でも今ならなんの支障もない。彼女は独身だし、彼は家に帰っている。そして、ふたりともそのことに気づいていた。ジャスティーン・チェスターフィールドほど人柄をよく知っている女性はほかにいないし、彼女ほど自分の趣味にぴったりの女性もほかにいない。

そう考えて心地よくおしゃべりをしながらも、ネイサンは自分の家の台所に帰って、ジャッキーが料理をしているところを見ていたいと思っていた。たとえあの腹のたつラジオがかなりたてていようとも。

どうやら僕は自分を失いかけているな、と思わないわけにはいかなかった。

その夜は、控えめな、ほとんど兄妹《きょうだい》同士のようなキスだけで終わった。女性を必要とするくらい欲望がかきたてられてはいたが、ジャスティーンとベッドをともにしたくはなかった。もし、ジャスティーンとベッドをともにしても、きっとジャッキーのことばかり考えてしまって、まるで浮気でもしているような気になるのではないかと思うと、自分に腹がたってきたのだ。

もう疑いの余地はない。僕は完全に頭がおかしくなりはじめている。

あれこれ理由をつけるのはあきらめて、ネイサンは車から出た。そして、家に入りながら、泡風呂にゆっくりつかれば、適当に疲れて眠れるかもしれない、と考えた。

下の物音で、ジャッキーはまたベッドの上に起きあがった。ネイサンかしら? でも、車の音は聞こえなかった。三十分以上もずっと耳を澄ましていたのだから、たとえ少しうとうとしたとしても、車の音を聞きのがすはずはない。ベッドの足もとのほうに這《は》っていって、ジャッキーはもう一度耳を澄ました。

なにも聞こえない。

もしネイサンだとしたら、なぜ二階にあがってこないのかしら? 胸がどきどきしてくる。彼女はドアのところまで忍び足で進んでいって、そっと廊下をのぞいてみた。

もしネイサンだとしたら、なぜ暗闇《くらやみ》のなかを歩きまわったりしているのだろうか?

ネイサンではないのだ。泥棒だ。きっと何週間もようすをうかがっていて、チャンスをねらっていたのだろう。今この家に私しかいなくて、それも眠っていることを知っているのだ。そのあいだにこっそりと盗みを働こうと思っているにちがいない。

警察に電話することがまず頭に浮かんだ。それがいちばん安全な方法だ。だが、もしなを覚えていた。

「あなたの緊張をほぐしてあげようとしているだけよ、ネイト。緊張は消化によくないわ」

「僕は緊張なんかしていない。それから、ネイトと呼ぶのはやめてくれ」

「ごめんなさい。でも、そういう目つきをされると、ネイトって呼びたくなるのよ。そう、その目つき」ジャッキーはそう説明した。手が彼の肩を押さえてなければ、手で身ぶりを交えるところだ。「問答無用っていうその目つきよ」

短気になるな、と十数えるんだ、とネイサンは自分に言い聞かせた。が、四つまでしか数えられなかった。「気をつけたほうがいいぞ、ジャック。きみはまだ試用期間なんだから。ばかなゲームはやめたほうが賢明だと思うけどね」

「ゲームですって?」そう言ってジャッキーは微笑んだが、彼女の目にネイサンが今まで見たことのないかすかなかげりが映った。どういうわけか、そのかげりさえ彼には魅力的に思えた。「いったいなんのことを言っているのかわからないわ」

「じゃあ、きみが唇につけているものはいったいなんなんだ?」

「これ?」ゆっくりとジャッキーは舌で唇をなめた。「女だもの、たまには口紅ぐらいつけたっていいと思うけど。嫌い?」

彼は質問には答えずに、続けて言った。「目にもなにかつけてるな」

ックスさせるのには、ちょっとした瞑想《めいそう》と適度な運動がいちばんよ」

「仕事をすれば気が楽になるんだよ」

「それがあなたたちに共通の間違った考えなのよ」ジャッキーは皿を彼のまん前に置くと、ぐるりとカウンターの反対側にまわってきた。「実際はね、仕事のことで頭がいっぱいになるから、ほかの問題を考えなくてすむというだけなの。そんなものに浄化作用なんかないわ。いいマッサージをやってあげる」ジャッキーは彼の首筋や肩をもみはじめた。さわったとたんにネイサンがばねのように飛びあがったことがなぜかうれしかった。「ほんとうに上手なマッサージはね」彼女は指に力を入れて押しながら続けた。「からだと心の両方から緊張をとり除くの。オイルを少しつけて、気の休まる音楽をかけて、マッサージを受けてごらんなさい。赤ん坊みたいにあっという間に眠ってしまうわ。あら、この首のつけ根のところ、ほんとうに凝っているわね」

もうだめだ、とネイサンは思った。あの長く、しなやかな指でもうひと押しされたら、なにか恥ずかしいことでもしてしまいそうだった。たとえば、すすり泣いてしまうとか。そうなる前に、彼はスツールの上でくるりと向きを変え、彼女の手をぐっとつかんだ。

「いったいきみはなにをしようというんだ？」

心臓がとまるかと思ったが、ジャッキーは気にもしなかった。いや、むしろその感覚を楽しんでいた。こんなときですら彼女は、彼への復讐《ふくしゅう》を第一に考えなければということんでもなかったら？　家の前にパトカーが何台も並んでいたら、帰ってきたネイサンがなんと思うだろうか？　まず、確かめてみなくては。

大きく息を吸いこんで、ジャッキーはそっと階下におりていった。暗闇のなかをこわごわ進んでいるうちに、ジャッキーの想像力はどんどんふくらみ、今では泥棒は数人に増えていた。台所まで来たとき、サンルームのほうでまた物音がした。ぎょっとして、寝室から電話をしようともどりかけたとき、足音が近づいてきた。もう遅い。もどれないわ。なかばやけになって、ジャッキーは手もとにあったスフレ用の鍋の柄をとっさにつかんだ。そして、それを頭の上にふりかざすと、自分を守る武器にした。

ネイサンがブリーフ一枚という格好で台所に入ってきたとき、ジャッキーは悲鳴をあげて鍋を落とした。彼はぎょっとして後ろに飛びのく。鍋が床に転がる音が響き渡り、その上に重なるようにジャッキーがヒステリックな笑い声をたてた。

「いったいなにをしているんだ、家のなかをこそこそ歩きまわるなんて？」

ジャッキーは両手を口にあて、あえぎ、息をつまらせていた。「六人組の強盗だと思ったのよ。ひとりは顔に傷があって、背の低いやつはずる賢そうな顔をしているの」

「で、下におりてきてそのスフレ鍋でたたきのめそうとしたってわけか」

「そういうわけじゃないんだけど」まだくすくす笑いながら、ジャッキーはカウンターにもたれかかった。「ごめんなさい。怖いといつも笑ってしまうのよ」

「だれでもそうだよ」

ジャッキーはしゃっくりをしはじめた。「あなたのこと、バッバっていう首領に率いられたケンタッキー出身の強盗団だと思ったものだから。水を飲まなくっちゃ」グラスをつかむと、ジャッキーは縁までなみなみと水を入れた。

「きみはやっと自分にぴったりの分野を見つけだしたようだね。それだけの想像力があれば、小説家として大儲《おおもう》けできるよ」

「ありがとう」グラスを持ちあげて水を飲みながら、彼女はグラスの底を指でくるくるとなぞった。

「いったいなにをやっているんだい?」

「こうすればしゃっくりがとまるのよ。効果絶大なんだから」ジャッキーはグラスを置いて、しばらく待った。「ね?　とまったでしょ。さあ、今度はあなたの番よ。下着姿でまっ暗な家のなかを歩きまわって、いったいなにをしていたの?」

「ここは僕の家だ」

「そのとおりね。それに、下着姿のあなたもすてきだわ。怖がらせてごめんなさい」

「別に怖がらせてなんかいないさ」またかっとなりそうなのに気づいて、ネイサンはかがみこんで落ちていた鍋を拾った。「泡風呂に入ろうとして、その前に飲み物がほしいと思ったのさ」

「ああ、そう。なるほど」ジャッキーはぎゅっと唇をかんだ。ここでまた笑いだしては格好がつかない。「楽しかった？」

「え？　ああ、楽しかった」これはまずい、とネイサンは思った。ジャッキーは色の褪《さ》めたモーツァルトの肖像がプリントされた大きすぎるTシャツを身につけているだけだったのだ。必死の努力をして、ネイサンは彼女の顔を見るようにしたが、それもうまくいかなかった。「さあ、もう寝てくれ」

「あら、いいのよ。なにか飲み物をつくるわ」

「自分でやるから」ジャッキーが戸を開ける前に、ネイサンが彼女の手をつかんでいた。

「そんなにぷりぷりしなくてもいいじゃない。ごめんなさいって言ったでしょ」

「なにもぷりぷりなんかしていない。さあ、寝てくれ、ジャック」

「私、あなたの邪魔をしてる？」そうつぶやきながら、ジャッキーはネイサンの顔を見た。自由になるほうの手を伸ばして、彼の頬に触れる。「すてき」

「ああ、きみは僕の邪魔をしている。それに僕の頬は特別すてきでもなんでもない」ジャッキーの化粧は拭《ふ》きとってあったが、まだ香水の香りは残っていた。「さあ、もう、寝なさい」

「私と一緒に来る？」

彼女の目が笑っているのを見て、ネイサンはいぶかしそうに目を細めた。「きみは強引すぎるよ」

「ちょっと言ってみただけよ」彼は自分の立場をどう考えているのだろう。そして、ふたりのあいだになにが起ころうとしているのだろう。考えているうちに、ジャッキーの心になにかやさしいものがこみあげてきた。不名誉なことをしようとしていると思っている高潔の人。そんな言葉が頭に浮かぶ。「ネイサン、私があなたを愛していて、だからあなたとベッドをともにしたいと思っているということを理解するのは、そんなにむずかしいこと?」

「知りあってほんの数日にしかならないのに、恋におちたなんて思うことが、僕には信じられないんだ。ものごとはそんなに簡単じゃないよ、ジャック」

「ときにはそんなこともあるわよ。ロミオとジュリエットを見てごらんなさいよ。いいえ、ものごとがどううまくいくかを考えているときに、これはいい例ではないわね」彼の唇を見つめているうちに、それが自分の口に重ねられたときのことを思いだし、ジャッキーは思わず指で彼の唇をなぞった。「ごめんなさい、今すぐに適当な例を思いつきそうにないわ。だって、あなたのことで頭がいっぱいなんだもの」

ネイサンの胃が縮みあがる。ジャッキーはさらに彼に近づいた。ふたりの腿が触れあう。そっと目をふせて、ジャッキーは言った。「キスして、ネイサン。私の想像力をもってしても、この前のキスがどういう感じだったか思いだせないの」

ちくしょうと思ったが、もうそのときはネイサンの唇はジャッキーの唇に重ねられていた。回を重ねるごとに、より甘く、より鋭く、ますます忘れられなくなる。このままでは自分を見失ってしまう。一度欲求に従ってしまったら、引きかえせるかどうかネイサンは自信が持てなかった。そして、いったいなんの罠《わな》にかかったのかもよくわからなかった。

彼女は、それまでずっと極端に頭脳明晰《めいせき》だった男にとって、麻薬のようなものだ。今までしっかりと足もとを確かめて歩いてきた男を突然待ち受ける崖《がけ》っぷちのようなものだった。

あのだぶだぶのシャツの下にはなにも身につけていない。しなやかな、生まれたままの姿が、彼を求めて熱くなっている。ふと気がつくと、ネイサンは彼女に手を伸ばし、さぐるように触れていた。

だが、そのときネイサンの心の奥のどこかで、ドアがばたんと閉まり、かちりと鍵《かぎ》がかけられた。ぎりぎりのところで自己防衛本能が働いて、彼はジャッキーを引きはなした。

「ちょっと待って」

ため息をつき、なかば夢見ごこちのまま、ジャッキーは目を開いた。

「え？」

「ジャック、どうしてこんなことになってしまったのかわからないけど、とにかくやめなくては。きみをほしくないなんて言えるほど、僕は偽善者じゃないけど、ふたりともみじめになるとわかっていることをはじめるほど、ばかでもないよ」

「どうしてみじめになるの？」

「その先がなにもないからさ」ジャッキーが自分のほうに倒れかかってきたので、ネイサンは両手を彼女の肩に置いて支えた。なんてことだ。彼女は震えているじゃないか。それとも、震えているのは、僕のほうなのだろうか。「僕の人生にはきみのための場所はないんだよ。だれのための場所もね、ジャック。そういう場所はつくりたくないんだ。きみにはわかってもらえないと思うけど」

「ええ、わからないわ」ジャッキーは前にもたれて、彼の顎に軽く唇をつけた。「仮にあなたの言葉を信じたとしても、とても悲しいことだと思うわ」

「信じてくれ」そういうネイサン自身にも、はたしてそのとおりなのかどうかよくわからなくなっていた。「仕事が第一なんだ。仕事にすべての時間とエネルギーをあてたいんだ。きみとのときめくような情事は確かに魅力的だ。どういうわけか、僕はきみに好意を持っている。だけど、きみはそれだけじゃいやなんだろ」

「それだけのはずがないわ」

「いや、それだけなんだ。そこのところをきみによく考えてもらいたい」ネイサンはジャッキーを説得するためにも、冷静でなければならなかった。「六週間すれば、僕はデンバーに行く。そこの仕事が終わったら、次はシドニーだ。その次は、どこでどれくらいかかるかもわからない。僕は身軽に旅をしたいんだ。だから、恋人がいたり、僕の帰りをだれかが待っていると思って気をもまなきゃいけないというのは困るんだよ」

ジャッキーは頭をふりながら、小さく一歩さがった。「だれかとなにかを分かちあうことをそんなにいやがるなんて、そんなまっすぐの細い道だけを守りとおそうとするなんて、なにがあったの？　曲り角も、寄り道もない道なんて、ネイサン」ジャッキーはぐいと頭をあげて彼を見た。彼女の目には怒りの色はなかった。あるのは彼がもっともほしくない同情の色だけだった。「悲しいどころじゃないわ。罪だわ。今までどおりの生活が送れなくなるからっていう理由で、自分を愛している人を退けるなんて」

ネイサンは口を開けた。言葉が口からほとばしりでそうだった。もう忘れてしまったと思っていた理由や、言いわけや、怒りが一気にこみあげてくる。長年抑えてきたものがぷつんと切れてしまったようだった。

「そうかもしれない。でも、それが僕の生き方なんだ。僕が選んだ生き方なんだ」また彼女を傷つけてしまった。しかも、前よりひどく。ぞっとするような苦痛を感じて、ネイサンは今の言葉が自分をも傷つけたことを知った。「これだけは言える。もしきみがほかの女性なら、退けるのもずっと楽だろう。僕は今自分がきみに対して感じているような気持ちを、ほんとうは持ちたくないんだよ。わかるかい？」

「ええ、わからないほうがよかったけど」ジャッキーは目をふせた。再び目をあげたときは、傷ついた表情もまだあったが、そこにもっと強いなにかぎらぎらするものが加わっていた。「あなたはわかっていないようだけど、私はあきらめないわよ。責めるのなら、アイルランド人の血を責めて。頑固な血筋なの。私はあなたがほしいわ、ネイサン。あなたがどんなに速く、どんなに遠くまで逃げていっても、つかまえてみせるから。私がつかまえたら、あなたのこぎれいな計画なんかすべて、ドミノ倒しのようにおじゃんになってしまうわ」そう言うと、ジャッキーは彼の顔を両手ではさんで、激しいキスをした。

もう一度、今度はもっとやさしくキスをしてから、彼女はきびすを返した。「レモネードをつくったわ。もし、まだなにか飲みたいのなら、どうぞ。じゃあ、おやすみなさい」

すでにドミノが次々に倒れていく音が聞こえるような沈みこんだ気分で、ネイサンは彼女の後ろ姿を見送った。

7

ひどい一日だった。ネイサンは朝早く起きて、ジャッキーが朝食の準備にかかる前に出かけてしまった。ほとんど一日じゅう外出しているというメモを残して。その字は彼のほかの部分と同じ、きちょうめんできっちりしていて、とても走り書きとは言えないようなものだった。

ジャッキーは棒キャンディーをかじり、ジンジャーエールの残りを飲みながら、現在の状況に思いをめぐらせた。彼女が見るかぎり、いい兆しはなにもない。

彼女からも、自分の気持ちからも、一定の距離を置こうと決心した男性を愛してしまったのだ。そういう感情をわきに押しやってしまうことを、正当化しようという男性を。それも、ほかの女性とつきあっているからでもなく、不治の病に冒されているからでもなく、過去の犯罪を隠しているわけでもなく、単に不都合だからという理由だけで。

彼は状況をうまく利用するには潔癖すぎるし、ふたりは結ばれる運命にあるということを認めるには、頑固すぎた。

僕の人生にきみのための場所はない、ですって？　ジャッキーはそのことを考えながら、タイプライターを押しやり、立ってせかせかと歩きだした。彼は私がそんなばかげた宣言を真に受けて、引きさがるとでも思っているのかしら。もちろん、引きさがったりなんかしないわ。だが、そのことより、もっと彼女をうんざりさせているのは、まず最初に彼がそんな宣言をしたということだった。

愛が与えられたときに、あれほど強固にそれを受け入れないなんて、自分自身の感情をも認めないなんて、いったいなにが彼をそうさせているのだろう？　ジャッキーの家族は、ときにはうんざりするほど礼儀のことをやかましく言うことがあった。だが、いつも愛情だけはたっぷり与えられてきた。ジャッキーは自分の気持ちを恐れることなく大きくなった。なにも感じないとしたら、生きていないのと同じ。なにを目的に生きるというのだろうか。ジャッキーにはネイサンもちゃんと感じている、それも深いところで感じていることがわかっていた。だが、彼はいつもその気持ちを抑制し、一歩さがって壁をつくってしまうのだ。

彼は私を愛している。ジャッキーはベッドに引っくりかえりながら、そう思った。それだけは確信が持てる。それなのに、彼はことあるごとに私につっかかってこようとしている。今までのところ、それもなんとかかわしてきた。なにも、けんかをすることがいやなわけではないが、この種のけんかは傷つくからいやだった。彼が身を引き、ふたりが共有してきたことを否定するたびに、痛みが増した。

ジャッキーは彼にずっと自分の気持ちを正直に出してきたが、うまくいかなかった。わざと挑発的な態度にも出てみたが、これもいい結果をもたらさなかった。心配してみたり、協力的な態度に出たりもした。次にどういう態度でのぞめばいいのか、ジャッキーにはもうわからなかった。

腹這《ば》いになって、彼女は昼寝をしようかどうしようかと思案していた。昼さがり。朝食後、ずっと休みなしで仕事をしてきて、もうプールで泳ぐだけのエネルギーもない。心のなかのネイサンと一緒に昼寝をしたら、目がさめたときにはなにかいい解決方法が見つかっているかもしれない。運命を信じることに決めて――そう、なんのかんのと言っても、結局私をここまで連れてきたのは運命なのだから――ジャッキーは目を閉じた。うつらうつらと眠りにつきかけたとき、玄関のベルが鳴った。

きっと百科事典のセールスマンだわ。そう思って無視することにする。それとも、白いスーツを着た三人組の男が、宗教のパンフレットを持ってきたのかもしれない。ジャッキーは枕《まくら》に顔を埋《うず》めた。もう一度眠りにつこうとしたそのとき、最後の考えが頭に浮かんだ。実家からの電報かもしれない。だれかがひどい事故にあったんだわ。

ぱっと飛び起きると、ジャッキーは階段をかけおりた。

「はい、今行きます！」目にかかる前髪を払いのけながら、ぐいとドアを引く。

そこに立っていたのは、電報配達人でもセールスマンでもない。ジャスティーン・チェスターフィールドだった。やっぱりきょうはひどい日だわ、とジャッキーは思った。彼女はドアにもたれ、ひきつった笑みを浮かべた。

「こんにちは」

「こんにちは。ネイサンはいるかしら、と思って」

「お気の毒ですけど、彼は外出していますわ」ノブをつかんでいる指が、ドアを閉めてしまいたくてうずうずしている。失礼よ。そうたしなめる母親の声が聞こえてくるような気がする。ジャッキーは大きく息を吸いこんで、声の調子をやわらげた。「どこに出かけるとも、いつ帰るとも聞いていないんですけど、よろしかったら、どうぞなかでお待ちになって」

「ありがとう」おたがい値踏みするように相手を眺めてから、ジャスティーンは敷居をまたいだ。まるでヨットからおりたばかりみたいな格好、とジャッキーは意地悪く思った。シーズンはじめの、ハイアニス・ポートといったところかしら。すらりとした長身のジャスティーンは、白いスラックスと深紅のシルクのボートネックのTシャツを身につけていた。それに、目立たない金のネックレスとおそろいのイヤリング。髪は自然に肩のあたりまで垂らし、こめかみのところに真珠飾りのついた小さなくしをとめつけている。完璧《かんぺき》だわ。完璧にすてきで、完璧に洗練されている。ジャッキーは自分が彼女を嫌いでいられることがうれしかった。

「お邪魔じゃなければいいんだけど……」ジャスティーンのほうから口を開いた。

「とんでもない」ジャッキーは居間のほうを手で示した。「どうぞお楽になさって」

「ありがとう」ジャスティーンはなかに入っていき、自分のクラッチバッグを小さなテーブルの上に置いた。バッグは爪先の開いた白の蛇皮のパンプスとおそろいだった。「あなたがジャクリーンね。フレッドの従妹《いとこ》の」

「ええ」

「ジャスティーン・チェスターフィールドです。ネイサンの古い友達なの」

「声でわかりました」身についた礼儀正しさから、ジャッキーは手を差しだした。ふたりの指先が軽く触れあうと、ジャスティーンの口もとに微笑《ほほえ》みが浮かぶ。ジャッキーにはうれしくないことだったが、その笑顔は親しみのこもった実に魅力的なものだった。

「私も声でわかったわ。ネイサンの話によると、フレッドはいい人だけど、ひどいこともするんですってね」

「いい人どころか」こういう女性がネイサンの好みってわけね。しっとりと洗練されていて、しっとりと美しくて。ため息をつかないように注意しながら、ジャッキーはホステス役に徹した。「なにかお持ちしましょうか？　冷たいものか、それともコーヒーかなにか？」

「よかったら、なにか冷たいものをいただきたいわ」

「わかりました。どうぞ、おかけになって。すぐにもどってきますから」

レモネードをつくり、バタークッキーをネイサンのガラスの大皿に盛りつけているあいだじゅう、ジャッキーはぶつぶつひとり言を言いつづけていた。ここしばらく、自分がどういうふうに見えるかなど考えたことはほとんどない。きょうの彼女のいでたちは、いちばんはき心地はいいが、いちばんぼろぼろの切りっぱなしのショートパンツに、どぎつい緑と黄色の縞《しま》模様のスポーツ選手が着るようなTシャツというものだった。指に金と小さな宝石の指輪をしているのがせめてもの救いだが、足は裸足《はだし》だった。例のまっ赤なペディキュアもはげかけている。

どうでもいいわ。そう思いながら、一応形だけ指で髪をとかす。あの人には好きなように言わせておけばいいわ。

小説のヒロイン、セーラもきっと例のカルロッタに同じように親切にするにちがいなかったが、ジャッキーはセーラのほうがジャクリーン・R・マクナマラよりずっといい人間のように思えてならなかった。ネイサンにはなにも文句なんか言わせないわ。そう決心して皿を持ちあげると、ジャッキーは自分の客、いや、ネイサンの客の待つ部屋へと進んでいった。

日の光と、男性っぽい部屋の色調がジャスティーンを引きたてていた。そればかりは認めないわけにはいかない。

「わざわざごめんなさいね」腰をおろしながら、ジャスティーンがまずしゃべりだした。「実はね、あなたとお話できれば、と思っていたの。それとも、お忙しいのかしら？　ネイサンはあなたが本を書いているって言ってたけど」

「彼がそんなこと？」話をするためというよりも、驚きのためにジャッキーは座りこんだ。ジャッキーがものを書いていることを人に話すどころか、ネイサンがそのことを覚えているとさえ思っていなかったのだ。それに、ジャッキーが小説を書いているということを話すときに、変に笑わないのは、ミセス・グランジに続いてジャスティーンがふたり目だった。

「ええ。彼はあなたが小説を書いていて、仕事に一生懸命で、厳しいって言ってたわ。ネイサンは厳しいってことを信条にしている人だから」

「みたいね」ジャッキーは自分もレモネードを一緒に飲んでも悪くないなと思いはじめていた。ジャスティーンは、このまま二階に引きさがってもいい格好の口実を与えてくれていたのに。ふた口目を飲んでから、ジャッキーはしばらく彼女とつきあおうと、心に決めた。「実を言えば、ベルが鳴ったとき、ちょうど休憩しようと思っていたところだったの」

「それはよかったわ」ジャスティーンはクッキーをつまみ、軽くかじった。彼女の香水は、濃厚ではないが、豊かで女らしい、とても洗練された香りだった。爪は長くのばして先をまるく切り、淡いローズ色に塗ってある。まわりをダイヤでとりかこんだ美しいオパールの指輪をひとつだけしていた。「最初に謝っておかなくてはならないわね」

ジャッキーはしばらくじっと彼女の顔を見てから、いぶかるように眉をあげた。「謝る?」

「あなたとネイサンのあいだにごたごたが生じたことで」ジャッキーの肌は、化粧っ気がまったくないのに泉の水のようにきれいなことに気づいて、ジャスティーンは一抹のうらやましさを感じた。「ヨーロッパに行っているあいだにフレッドにここにいてもらったらってネイサンに話したのは、この私なの。そのときは最高の解決策だって気がしたものだから。ネイサンはそんなに長いあいだ家を空き家にしておきたくないって思っていたし、フレッドもぶらぶらしていたようだったから」

「フレッドはいつもぶらぶらしているのよ」ジャッキーはグラスの縁ごしにそう言い、ジャスティーンを同情のこもった目で見た。「彼は、自分が藁《わら》を金に変えることができるって人に信じさせることがお手のものなのよ。相手がその藁にお金を払うとなるとね」

「なるほどね。でも、なんて言ったらいいか……フレッドがあなたのお金を持ったまま行方をくらましちゃったことで、あなたに悪いことをしたような気がしているの」

「そんなこといいのよ」ジャッキーはぱくりとクッキーをかじった。「フレッドのことは生まれたときから知っているわ。彼の悪だくみを見破らなければならなかったのは、私のほうだったのよ。でも、いずれにしても」そこまで言って、ジャッキーは自分ではすばらしいクールな笑顔と思っている表情を浮かべて続けた。「ネイサンと私は満足のいく協定を結んだの」

「彼もそう言ってたわ」ジャスティーンはもうひと口レモネードを飲みながら、グラスごしにジャッキーを見つめた。「どうやらあなたは第一級の料理人のようね」

「ええ」ジャッキーはほんとうのことを否定することもないと思い、そう答えた。ネイサンはほかになにをジャスティーンに言ったのだろうか。

「私は料理は全然だめなの。あなた、ほんとうにパリで勉強したの？」

「いつのことかしら？」ジャッキーは微笑まずにはいられなかった。ジャスティーンのことは好きになりたくなかったのに。確かに、彼女はとてもクールで、とても洗練されている。しかし、その目にはどこか親切なところがあった。外見がどうあろうと、親切な人というのにジャッキーはいつも惹《ひ》きつけられてしまう。

ジャスティーンも微笑みかえし、今までふたりのあいだにあった緊張の度合が急にゆるくなった。「ミス・マクナマラ――いえ、ジャクリーン――率直に言わせてもらっていい？」

「そのほうが話が早いわ」

「あなたって、私が思っていたような人とは全然違うわ」

ジャッキーは座りなおして、あぐらをかいた。「どんな人だと思っていたの？」

「ずっと思っていたの。ネイサンが夢中になる女性なら、きっととても物腰がやわらかで、控えめな人だろうって。そして、ひょっとしたら退屈な人じゃないかなって」

飲みこみかけていたレモネードが、喉のまんなかでつっかえてしまった。「ちょっと待って。ネイサンが夢中って言った？　知らなかった？」

「もうめろめろじゃない。知らなかった？」

「上手に隠しているから」ジャッキーはつぶやくように言った。

「そう。とにかく昨夜《ゆうべ》、私の目には明らかにそう見えたけど」そう聞いたとたん、ジャッキーの目が反射的にきらりと光った。「言っておくけど、私たち、ずっとなんでもない、ただのお友達よ」ジャスティーンは小さく肩をすくめた。「もし私があなたの立場にいたら、この点をはっきりしてもらいたいと思うから言うんだけど」

ジャッキーの目のなかの炎は、まだしばらく燃えていたが、それからすっと消えてしまった。自分をばかみたいだと思うことはあまりなかったが、そう思ったときには素直にそれを認めることにしている。「ほんとうにありがとう――そう言ってくださったことと、それからあなたが彼と単なる友達だって事実の両方にお礼を言うわ。なぜ、友達のままでいたのかきいてもいいかしら？」

「自分でもどうしてなのかなと思うの」ジャスティーンはまた次のクッキーに手を伸ばし

ながら言った。「いつもタイミングが悪かったのね。私はひとりじゃなかったし」ジャスティーンはまた軽く肩をすくめた。「私は結婚している状態というか、カップルの片方でいるのが好きなの。それで、何度も結婚することになってしまったんだけど。ネイサンとはじめて会ったときも、私は結婚していたの。それから、私が最初の離婚をしたときは、彼は遠くはなれたところにいた。十年近くもずっとこんな調子で続いてきたのよ。いずれにしても、私はいつもほかのだれかとくっついていたし、彼はいつも仕事にかかりっきりだったってことね。あの人なりの事情があって、こういう関係のほうが彼は好きみたいよ」

ジャッキーは彼の事情というのがなんなのかきこうと思った。ジャスティーンなら知っているのではないかと思ったのだ。だが、やっぱりやめにした。もし、ネイサンとの仲がうまくいくのなら、そういう説明は彼自身の口から話されるべきだと思ったのだ。

「話してくれてありがとう。あなたも、私が思っていたような人じゃなかったわ」

「どういう人を想像していたの？」

「心が氷のように冷たくて、私の恋人に下心のある打算的な女性。昨夜はずっとあなたのことを憎んでいたわ」話を聞いているうちに、ジャスティーンの口もとがほころんでくるのを見ながら、ジャッキーは自分の小説のカルロッタにこういう欠点を持たせるのをやめてよかったと思った。

「じゃあ、あなたがネイサンのことを好きだと考えた私は、間違ってなかったわけね」

「私は彼に恋しているの」

ジャスティーンは再びにっこりした。その笑顔には言葉以上の思いがこめられていた。

「彼にはだれかが必要なのよ。彼はそう思っていないようだけど、彼にはそういう人が必要だわ」

「ええ。私がそのだれかになってみせるわ」

「幸運を祈るわ。ここに着いたときはそうは思っていなかったけど」

「どうして気が変わったの？」

「あなたが私のことをいまいましく思っているにもかかわらず、なかに入れてくれて、飲み物まで出してくれたからよ」

ジャッキーはにっこりと笑った。「そう。私、自分でもなんて慎み深いのかしらと思ったわ」

「そんなこと思わなかったくせに。ジャック……ネイサンはあなたのこと、こう呼んでいるんでしょ？」

「たいていはね」

「ジャック、私の経験なんてたいして面白いものでもないけど――いいえ、はっきり言ってひどいものだわ――でも、あなたにちょっとアドバイスしておきたいの」

「どんなことでも参考にさせてもらうわ」

「男性のなかにはほかの人よりも強く押さないとだめな人もいるの。ネイサンには両手を使ったほうがいいわ」

「そうするつもり」ジャッキーは首をかしげて、なにかを考えていた。「ねえ、ジャスティーン、私に従兄《いとこ》がいるんだけど。父方の二番目の従兄なの。フレッドじゃなくてね。彼はミシガン大学で教授をしているんだけど、あなた、インテリタイプは好みかしら？」

声を出して笑いながら、ジャスティーンはグラスを置いた。「半年たってからまた言ってみて。今はまだ休養期間よ」

数時間後に帰ってきたネイサンは、ジャスティーンがここを訪ねてきたことや、この居間でなにが話されたかを知る由もなかった。もっともそのほうが彼にとってはよかったのだが。

ドアを開けたとたんに、音楽が聞こえてきた。いつも台所から聞こえてくるロックとは違って、シュトラウスの、甘く、官能的なワルツだ。ジャッキーがラジオ局を変えたことを気にすべきかどうかよくわからなかったが、ネイサンは自分の書斎に入り、ブリーフケースとデンバーのプロジェクトの青写真が入った筒を置きながら、気を引きしめた。ネクタイをゆるめながら、台所のほうへ行く。いつものように、おいしそうなにおいが漂ってきた。

ジャッキーはいつものショートパンツ姿ではなかった。溶けたバターの色をした、やわらかな絹のような素材のジャンプスーツを着ている。ゆったりとしたデザインで、からだの線がはっきりわかるほどぴったりしてはいなかった。足は裸足で、片方の耳に長い、木のイヤリングをつけている。彼女は忙しそうに、丸いパンを切っていた。突然ネイサンはきびすを返して、できるだけ速く、できるだけ遠くへ逃げだしたい衝動にかられた。が、そんな気持ちをばかばかしく思いながら、台所に入っていった。

「やあ、ジャック」

彼が帰ってきたことには気づいていたが、ジャッキーは穏やかに、驚いたという表情を浮かべて、ふりかえった。「あら」ネクタイの結び目をゆるめたスーツ姿のネイサンはひどく魅力的だった。感きわまって、ジャッキーは彼のところまで歩いていき、頬にキスをした。「おかえりなさい。どうだった？」

彼女になにがあったのかネイサンにはわからなかった。なにかあったのだろうか？　だが、ジャッキーの挨拶《あいさつ》がわりの軽いキスこそ自分が必要としていたものだということだけははっきりとわかった。そして、そのことがネイサンを悩ませた。「忙しかったよ」と、彼は答えた。

「そう。じゃあ、どんなふうに忙しかったか話してね。でも、その前にまずワインをどう

ぞ」ジャッキーはもうふたり分のグラスにワインをついでいた。日の光がワインに映えて、きらきらと輝いている。「おなかがすいているといいんだけど。あと、二、三分でできあがるわ」

ネイサンはグラスを受けとり、なぜ彼女のタイミングはこんなにいつもぴったりなのだろうと思った。知らない間に自分のからだに自動誘導装置でもつけられたのかと思うほどだ。「きょうは仕事、はかどったかい？」

「かなり」ジャッキーはさっき切ったパンをバスケットに盛りはじめた。「午後少し休んだけど、そのあとはすごくはかどったわ」ワインのグラスを持ちあげながら、ジャッキーが口もとをほころばせる。そのときまた、これはなにかあったな、とネイサンは感じた。しかし、あえてきくことはしなかった。「来週中くらいに、最初の百ページを推敲《すいこう》しようと思っているの。知りあいのニューヨークのエージェントに送れるように」

「それはいい」口ではそう言いながら、ネイサンはなぜそれを聞いてこんなにあわてているのだろうと自問していた。彼女の仕事の進行を願っていたのではなかったのか？　仕事が進めば進むほど、もう約束の期間は終わったと彼女に告げやすくなるはずではなかったか？　どんなに理屈をつけて考えてみても、彼女がもうこの家で仕事をする必要はなくなったから出ていくと言いだすんじゃないかという恐れを拭《ぬぐ》いさることはできなかった。

「うまくいってるようだね」

「思っていたよりね。私って、いつもかなりのことを期待しているんだけど、それ以上の出来よ」そのとき、タイマーのブザーが鳴ったので、ジャッキーはオーブンを見にいった。おかげで、思わず微笑んでしまったところをネイサンに見られずにすんだ。「今夜は中庭で食べようと思っているの。こんなにすてきな夜なんだもの」

ネイサンの頭のなかでまた警報ベルが鳴った。が、今度は前よりも音も小さく、緊急度も低かった。「雨が降りそうだよ」

「二時間かそこらは大丈夫よ」両手にオーブン用のミトンをはめて、ジャッキーはキャセロールを引きだした。「気に入ってもらえるとうれしいんだけど。シンケンフレッケルンっていう料理なの」

ジャッキーはまるで母国語のような発音でその料理名を口にした。ぐつぐつと煮えたぎるソースのなかから顔を出したこんがり焦げたヌードルとハムは、実においしそうで、名前からくるおどろおどろしい感じはまったくなかった。「おいしそうだね」

「すごく簡単なオーストリアの料理なの」それで、ウィンナ・ワルツというわけか、とネイサンは思った。「パンを持ってきてくれる？　もうテーブルは用意してあるから」

またもや彼女のタイミングは完璧だった。まさに太陽が沈もうとしている。夜になってから雨を降らせるかもしれない雲がピンクやオレンジ色に染まっていた。空気はひんやりと涼しく、東から吹く弱い風がかすかに潮の香りを運んでくる。

円い中庭用のテーブルには、ふたり分の食器がセットされていた。略式のセッティングで、ネイサンの目にはわざとロマンチックに演出したように見えた。彼女が自分で買ったにちがいないカラフルなマットが、いつもの白い食器の下に敷かれている。花も飾ってあった。といっても、色つきの瓶にさしたデイジーだけだけれど。この瓶もネイサンのものではなかった。おそらくこれも彼女が地元の店を歩きまわって探したものだろう。

ネイサンが席につくと、ジャッキーはいそいそと皿に盛りはじめた。

「きみの本の話をしてくれないか」ジャッキーが寡黙になったのをはじめて見た、とネイサンは思った。彼女の口が開いたままになっている。微笑むためでも、皮肉をとばすためでもなく、唖然《あぜん》として。

「ほんとに？」しばらくして、やっと言葉が出た。

「ああ、どんな本なのかききたいんだ」ネイサンはパンをとり、バターを塗りはじめた。

「話したくないのかい？」

「いえ、そうじゃないわ。ただ、あなたはそんなことに興味なんかないと思っていたから。今まで一度も言わなかったし、それどころか本のことを口に出したこともなかったでしょ。それに、私はいつも自分が夢中になっていることを、人の気持ちなんかおかまいなしにぶつけるところがあるって、自分でもよくわかっているの。だから、本のことは自分の胸にだけしまっておくほうがいいと思っていたのよ。そうでなくても、私はあなたをもう十分うるさがらせているんだし。フレッドのことや、フランクフルトで半年過ごしてきたことなんかを考えると、あなたはたぶん小説のことなんか聞きたくもないんだと思っていたわ」

ネイサンは煮込み料理をすくい、口に入れて味わいながら、考えこんでいた。「わかるよ。きみの言うことはよくわかる。ところで、本のこと、話してくれる？」

「いいわ」ジャッキーは唇をなめて湿らせた。「舞台は西部開拓時代のアリゾナ。主人公はジェイクとセーラっていうの。ジェイクはガンマンで、セーラは修道院で育った女性なの。舞台をアリゾナに持ってきたのは、そこがアメリカの古き西部の縮図みたいな土地だから……」しゃべっているうちに、ぎごちなさがすっと消えていった。「ここならあの、血わき、肉躍るようなフロンティアの伝統が生かせるでしょ」

「撃ちあい、賞金稼ぎにインディアンの襲撃とか？」

「そう。物語はセーラが父親の死後、西部にやってくるところからはじまるの。彼女の父親は、セーラに自分は鉱山を掘りあてた成功者だと思わせていたの。彼女は東部で育てられ、良家の子女が身につけなければならないものはすべて身につけているわ。やがて、父親が死んで西部にやってきた彼女は、自分が東部でぜいたくな暮らしをしているあいだに、父親はこの掘りつくされたような金鉱にしがみついて、彼女の将来の教育にあてるべきお金をつかいはたしてかろうじて生きてきたのだということを知るの」

「今や彼女は無一文の孤児で、西も東もわからないところにほうりだされたというわけだ」

「そのとおり」彼が興味を持ってくれたことがうれしくて、ジャッキーはさらにワインを
ついだ。「こうして、彼女を突然無防備な状態にして、危険にさらし、読者の同情を引こうってわけよ。ほどなくして、彼女は、父親は聞いていたような落盤事故で死んだのではなくて、殺されたのだということを知るの。そのころまでに、何度か主人公のジェイクとはこぜりあいを起こしているんだけど。この苦みばしったガンマンは、彼女がよくないと教えられてきたことすべての象徴のような男なの。でも、彼は彼女がアパッチに襲われたのを助けるのよ」

「じゃあ、まったくの悪人というわけでもないんだね」

「石ころのなかの一粒のダイヤというところね」ジャッキーはパンをかじりながら説明した。「当時あのあたりは、ひと山当てようとする山師や、冒険家がいっぱいいたのよ。でも、南北戦争なんかの影響で開拓が遅れていて、そのせいでまだアパッチが優勢を誇っていたの。だから、育ちのいい若い女性にとってはとても野蛮で危険な場所だったのよ」

「でも、彼女はそこにとどまるんだろう」

「もし逃げて帰ってしまったら、彼女は共感を得るというより、かわいそうなだけの存在になってしまうもの。この差は大きいわ。彼女はだれが、なぜ父親を殺したのかを見つけ

だださなきゃならないのよ。やがて、彼女は不本意ながらもどうしようもなくジェイクに惹きつけられていることに気づくの」

「そして、彼も彼女に、というわけかな?」

「そのとおり」ジャッキーはワイングラスをもてあそびながら、ネイサンに微笑みかけた。「ジェイクはね――こういう男の人はいっぱいいるけど、いえ、女の人にもいるわね――自分がだれかを必要としているとは思っていないの。とくに、自分のライフスタイルを邪魔して、ひとつところに落ちつかせようとするような人間はね。彼は孤独が好きなの。今までもずっとそうだったし、今後もずっとそれでいくつもりなの」

ネイサンはワインに口をつけながら、眉をあげた。「非常に賢明だね」

彼が自分と結びつけて考えているようなので、ジャッキーはにっこりした。「ええ、私もそう思ったの。でも、セーラの決心は固いわ。彼女はいったん彼を愛していると気づいて、自分の人生が彼なしでは完結しないと思ったら、なにがなんでも彼にぶつかっていくの。もちろん、カルロッタはあらゆることをして、その邪魔をするんだけど」

「カルロッタ?」

「評判の悪い、町の有力者の女よ。彼女は特別ジェイクが好きってほどのこともないんだけど、セーラとセーラのまわりのものすべてを憎んでいるの。やがて、カルロッタは偶然、セーラの父親が殺されたのは、五年かかってようやくすごい金鉱を見つけだしたからだったってことを知るようになるの。今、セーラが請求権を持っている金鉱はひと財産の価値があるのよ。と、ここまでは書いたんだけど」

「で、最後はどうなるんだい？」

「さあ」

「さあってどういうこと？　きみが書いているんだから、知っているはずだろ」

「いいえ、知らないの。でも、もしはっきりとわかっていたら、毎日机に向かう楽しみが半減するだろうってことだけは確かだわ」ジャッキーは料理のおかわりをネイサンにすすめたが、彼は首を横にふった。「これは私のための話でもあるわ。日々身近なものになってきているけど、でも青写真みたいなものではないのよ、ネイサン」

どうも彼はわかっていないようすなので、ジャッキーは身を乗りだし、テーブルに肘をついた。「建築家の仕事のすべてのプロセスをすばらしいと思い、なにもない土地にすばらしい建築物を建ててそこを生きかえらせるというアイディアはすごいと思っていながら、私がなぜ立派な建築家にはなれないと思うかを話すわね」

これを聞いて、ネイサンはちらりと彼女のほうを見た。彼女の言っていること、その表現のしかたは、ネイサンの気持ちを完全に言いあてていて、まるで彼女が自分の心に入ってきたのかと思うほどだった。

「建築家は最初から最後まで、細部をすべて知ってなきゃいけないのよ。最初にシャベルで土をおこす前に、最後がどうなるかちゃんとわかってないといけないの。建物を建てるということは、魅力的で機能的な作品をつくるってことだけに責任を持てばいいんじゃなくて、そこで働く人や、そこに住む人、その建物を通過する人や、階段をのぼる人、エレベーターを使う人すべてに責任を持つということよね。一か八《ばち》かでやってみるなんてことは絶対に許されないし、想像力を安全性と実用性で裏づけないといけないのよ」

「僕はきみが間違っていると思うな」しばらくしてから、ネイサンが言った。「きみならすばらしい建築家になっていたよ」

ジャッキーは彼に微笑みかけた。「いいえ、よくわかっているからって、そうできるってわけじゃないわ。信じて。私、勉強してみたことがあるのよ」ジャッキーは友達らしい気楽さで、彼の手に触れた。「あなたが優秀な建築家なのは、そういうことがわかっているだけじゃなくて、芸術と実用性を、創造力と現実を結びつけることができるからなのよ」ネイサンはジャッキーの洞察の深さに感じ入り、うれしくなってまじまじと彼女の顔を見た。

「で、きみはそれを書くことでやっているのかい?」

「そうできればいいなと思っているの」ジャッキーは座りなおして、雲がわき起こってくるのを見つめた。夜になれば雨が降りだすことだろう。「私は今までずっと、創造的な表現方法を求めながらいろんなものをかじってきたわ。音楽、絵、ダンス。私、十歳のときに、最初のソナタを作曲したのよ」そう言ってジャッキーは自嘲《じちょう》ぎみに苦笑いをした。

「おませだったの」

「まさか。ほんとうに？」

ジャッキーはくすくす笑いながら、ワイングラスをすくいとるように指をすべらせた。

「別に特別いいソナタでもなかったけど。でも、私はいつも、なにかしなきゃならないことがあると思っていたの。私の両親はほんとうに辛抱強かったわ。甘すぎたと言ってもいいくらい。それなのに、私はそれになにもこたえてこなかった。でも今度は……この年齢になってこんなこと言うのはばかみたいだけど、でも今度こそは両親に、私のことを誇りに思ってもらいたいの」

「全然ばかみたいじゃないよ。いくつになっても、子どもは親から認めてもらいたいものさ」

「ご両親はいらっしゃるの、ネイサン？」

「いるよ」素っ気ない言い方だった。ネイサン自身もそう思ったのか、微笑んでこうつけ加えた。「ふたりとも僕の経歴を喜んでくれている」

ジャッキーはもうひと押ししてみようと決心した。「あなたのお父様は、建築家じゃないんでしょう？」

「違う。金融のほうだ」

「まあ。面白い。私たちの両親は、パーティーで何度か会っているかもしれないわよ。J・Dの最大の関心は金融だもの」

「きみはお父さんのことをJ・Dって呼ぶの?」

「ビジネスマンとして見るときだけね。父はね、私が彼のオフィスにつかつかと入っていって、デスクにぽんと乗り、〝わかったわ、J・D、で、買いなの、それとも売り?〟って言うと大喜びするのよ」

「お父さんのことが好きなんだね」

「大好きよ。母もそうなの。ぶつぶつ文句を言っているときでもね。母は私に、パリに行って、やりなおしてもらいたいとずっと思っているのよ」わずかに顔をしかめながら、彼女は指で毛先に触れた。「フランス人なら私をエレガントでお上品に変身させられると思っているのよ」

「僕はありのままのきみが好きだな」

再び彼女の顔に一瞬びっくりしたような表情が浮かんだ。「あなたが今までに私に言ってくれたなかで最高のほめ言葉ね」

彼女の目をじっと見つめていると、ネイサンの耳に最初の雷鳴が響いてきた。「これをなかに運んだほうがいい。雨が降りそうだ」

「わかったわ」ジャッキーはすっと立ちあがり、テーブルを片づけるのを手伝った。あんな簡単な言葉に心を動かされるなんてばかげている。彼は別に私のことを美しいとか、すばらしいと言ったわけではない。気も狂わんばかりに愛していると言ったわけでもない。ただありのままの私が好きだと言っただけだ。だが、ジャッキーのような女性には、それはほかのどんな言葉よりも意味を持っていた。

台所に入って、ふたりはしばらくのあいだ黙ったままあと片づけをした。

「そういう格好をしているところから見ると、海岸で一日過ごしたのではなさそうね」ジャッキーがまず口を開いた。

「ああ。人と会っていたんだ。デンバーから来たクライアントだ」

ジャッキーはワインの残りを見て、コルクをしめて置いておくほどの量もないと判断すると、ふたりのグラスにつぎきった。「次になにを建てるのか、その話を聞いてなかったわ」

「エス・アンド・エス・インダストリーがデンバーに支社をつくることになってね。そこのオフィスビルを建てるんだよ」

「あなた、数年前にダラスでも、あそこのビルを建てたでしょう?」

ネイサンはびっくりして彼女のほうをちらりと見た。「ああ、建てたよ」

「今度のもあれと同じ感じのビル?」

「いや。ダラスのときは、つるっとした未来風の感じにした。ガラスやスチールをいっぱい使って、すっきりした仕あげにしてね。だが、今度のはもっとクラシックな感じにしたいんだ。もっとソフトで、人目を引く感じにね」

「設計図を見せてもらえる？」

「見たいのならいいよ」

「ぜひ見せて」ジャッキーは手をタオルで拭《ふ》いてから、ネイサンにグラスを渡した。「今、見てもいいかしら？」

「いいよ」ネイサンのほうでも彼女に設計図を見せて、意見を聞きたかった。こんなことを思うなんて自分らしくもなかったが、それを考えるのはあとでいい。ふたりが彼の書斎へと歩いていくうちに、雲が垂れこめあたりは薄暗くなってきた。

デスクはきれいに片づいていた。ネイサンは机の上に書類や手紙を出しっぱなしにしたまま出かけたりはしない。筒から設計図を出すと、彼はそれを机の上に広げた。純粋な興味から、ジャッキーは唇を引きしめて、彼の肩ごしにのぞきこんだ。

「外装は茶色のレンガだ」彼女の髪の毛が頬にかかるのを無視しようと努めながら、ネイサンは説明をはじめた。「直線よりも曲線を使っている」

「デコ調ってわけね」

「そのとおり」なぜ今まで彼女の香りに気づかなかったのだろうか？　単に慣れてしまったせいなのか、それとも彼女があまりにもそばにいすぎて、すぐに触れることも味わうこともできるところにいるせいだろうか？「窓はアーチ型で、それから……」

言葉が立ち消えになったので、ジャッキーが彼を見あげてにこっと笑う。ネイサンはわざと机の上の設計図に目をもどした。

「それから、すべての個室には少なくともひとつ窓をつけた。閉じこめられているという感じがなくなれば、もっと生産性があがるんじゃないかとずっと思っていたんでね」

「そうね」彼女はまだ微笑んでいた。ふたりとももう青写真は見ていない。「美しいビルね。威圧的なところがないのに、とても力強くて、クラシックだけどきまじめな感じがしない。縁どりやアクセントはローズ色でしょ？」

「レンガとよく合うようにね」彼女の唇もローズ色だ。とてもソフトで、とても微妙なローズ色。ふと気がつくと、ネイサンはその唇に触れんばかりに顔を近づけていた。

そのとき、また雷鳴が聞こえた。さっきよりずっと近くで。

彼は身震いをして、身を引いた。黙ったまま、設計図を丸めはじめる。

「内装のスケッチも見たいわ」

「ジャック――」

「やりかけて途中でやめるなんてずるいわ」

うなずきながら、ネイサンは次の設計図のセットを広げなおした。彼女の言うとおりだ。はじめたことは、成しとげなければ。

8

ジャッキーは大きく息を吸いこんだ。飛びこみ台で最後のはずみをつけたダイバーのような気持ちだった。もうあともどりはできない。

いつから彼がこんなに近づくことを許してくれるようになったのか、わからなかった。彼の防衛の垣根が低くなり、彼女とのあいだにとろうとする距離も短くなってきていた。その理由をネイサンの欲望のせいだけと考えるのはつらかったが、彼が今感じているものがそれだけであったとしても、ジャッキーはそれでもよかった。少なくとも欲望は正直だから。

私はこれ以上愛することができないほどネイサンを愛している。そうジャッキーは思っていたが、そうではなかった。一歩近づくごとに、彼と過ごす時間が長びくごとに、彼女の心は今まで以上にふくれあがってくるのだった。

忍耐強く、というより彼のジレンマに同情さえ感じながら、ジャッキーはネイサンがフロアプランについて説明するのに耳を傾けていた。

今度の仕事もすばらしい作品だった。ジャッキーはそう認識できるだけの目と知識を持っている。すばらしいのは作品だけではない、彼自身もそうだった。手は大きくて指が長く、プロジェクトの現場監督をしているあいだにいい色に日焼けしていた。かすれたりしない力強くて男らしい声は、落ちついていて上品だが、気どっているというのではない。肌には石鹸《せっけん》の残り香のかすかなライムの香りが漂っている。

ネイサンがビルの正面の図をさすと、ジャッキーはつぶやくようにあいづちを打ちながら、彼の腕に手を置いた。仕立てのいいスーツのしわひとつない生地をとおして、筋肉が感じられる。手が触れたとたん、彼の声が一瞬つまった。そのとき、ジャッキーも雷の音を聞いた。

「ここにアトリウムをつくる予定なんだ。重役室のなかにね。床は絨毯《じゅうたん》ではなくて、タイルばりにする。そのほうが、クールで清潔な感じがするからね。それから、ここは……」口のなかが乾いてきて、言葉が出にくい。彼女に気軽に触れられて、そこの筋肉が固くなっている。座らなければ、とネイサンは思った。

「重役会議室？」促すようにそう言って、ジャッキーも彼が座った椅子の肘かけに腰をおろした。

「え？　ああ」喉を絞められているような気がして、ネイサンはネクタイをぐいと引っぱり、話に集中しようとした。「ここでもアーチを使っている。もっとも、もっと大きな規模でだけどね。羽目板は……」いったい羽目板がなんだっていうんだ、とネイサンは内心思っていた。今は彼女の手は彼の肩に置かれていて、気づいてもいなかった凝りをほぐしてくれていた。

「羽目板は？」

なんだって？　そう思いながら、ネイサンは指輪をはめたほっそりした彼女の指がさし示す図面を見た。「マホガニーにするんだ。ホンジュラス産の」

「きれいでしょうね。今もそれから百年後も。間接照明を使うの？」

「ああ」ネイサンは再び彼女を見た。彼女は微笑《ほほえ》んでいた。頭が彼の頭のすぐそばにあり、からだをわずかに彼のほうに傾けている。彼の人生そのものだった設計図のインクが、ぼんやりとかすんできた。

「ジャック、もうこれ以上だめだ」

「私もまったく同感だわ」そう言うが早いか、ジャッキーはするりと彼の膝の上にのった。

「いったいなにをやっているんだ？」こんなことで喜んではいけない。胃がぎゅっと縮みあがり、そこに爪を立てられたように感じているのに、ネイサンは微笑んでしまっていた。

「あなたの言うとおり。もうこれ以上だめだわ。このままだとあなたも私も頭がへんになってしまう。そうなったら困るでしょ？」髪の毛をかきあげた拍子に、彼女の指の三個の指輪がきらきらと光った。

「ああ」
「でしょ？　だから、私こういう状態にストップをかけようと思うの」
「なにに？」ジャッキーが彼のネクタイをはずしたので、彼は彼女の手首をつかんだ。
「不確かなことや、もし……だったらという仮定によ」彼の手を無視して、ジャッキーは
ネイサンのシャツのボタンをはずしはじめた。「すごくいい生地ね。私が全面的に責任を
持つわ、ネイサン。だから、あなたはなんにも言わなくていいの」
「なんのことを言っているんだ、ジャック？」彼の上着を脱がそうとするジャッキーの両
肩を、ネイサンが押さえた。「いったいなにをしていると思っているんだ？」
「私のやり方に従ってもらうわ、ネイサン」そう言うと、ジャッキーは強く唇を彼の口に
押しあてた。笑うつもりだったが、ネイサンの口から出たのはうめき声だった。「抵抗し
ようとしてもむだよ、私はこうと決めたことはやる女なんだから」ネイサンの上着を引っ
ぱりながら、ジャッキーは彼の口もとにささやきかけた。
「そうみたいだね」ジャッキーはネイサンのズボンのベルトのところからシャツを引っぱ
りだそうとしている。ネイサンはもう一度試みることにした。「ジャック……やめてくれ、
ジャック、話しあったほうがいい」
「話すのはもういいの」ジャッキーは彼の鎖骨を軽くかみ、それから耳に舌を這《は》わせた。
「私はあなたをものにしてみせるわ、ネイサン、あなたがその気であろうとなかろうとね」

今度は耳たぶにそっと歯をあてる。「痛い目にあいたくなかったら……」

今度は彼も笑ってしまった。もっともその声は多少うわずってはいたけれど。「ジャック、僕はきみより三十キロ以上も重いんだぞ」

「大きければそれだけ……」そう言いながら、ジャッキーは彼のズボンのホックをはずした。ネイサンは反射的に彼女の手を押さえた。

「本気なんだね」

ジャッキーは彼の顔が見えるように、少しからだをはなした。そのとき、空に稲妻が走った。その光が彼女の目のなかに飛びこんだ。まるで、長いあいだずっと待っていたかのように。「もちろんよ」しっかりと彼の目を見つめたまま、ジャッキーはジャンプスーツのジッパーを指ではさみ、一気に引きおろした。「私があなたと一緒にはてるまで、あなたはこの部屋から出られないわよ、ネイサン。協力してくれるなら、やさしくするわ。でも、そうしないと……」ジャッキーは肩をすくめた。その拍子にジャンプスーツがじれったそうに、肩からすべり落ちる。

もう彼女と一緒にいたくないふりをするには遅すぎた。

「きみがほしい」ネイサンは手でジャッキーの頬を撫《な》で、指で彼女の髪をすきながらこう言った。「二階に行こう」

ジャッキーは顔を動かして、彼のてのひらに唇を押しつけた。このしぐさはやさしさと柔順さを示しているかに見えたが、彼のほうをふりむいたジャッキーは頭を横にふった。「ここで。今すぐ」そう言うと、彼に選択の余地も与えずに、ジャッキーは口を開き彼の唇に押しつけた。

ジャッキーはネイサンをじらし、苦しめ、からかった。からだをしっかりと彼のからだにからみあわせて、唇をせわしく動かす。しばらく彼の唇の上にとどまったあと、今度は彼の顔をたどってみる。ネイサンの血が大きく脈打ちはじめた。頭に、下腹部に、指先に彼はそれを感じることができた。無慈悲に……すばらしく……彼女の指が彼のからだじゅうを這っていく。

躊躇《ちゅうちょ》などまったくない。ジャッキーは躊躇という言葉の意味も知らないようだ。窓をたたきつける嵐《あらし》のように、彼女は燃えさかる炎そのものだ。男は彼女に焼かれてしまう、そして火傷《やけど》の傷が残るのだ、とネイサンは思った。そう思いながらも、彼はいっそう強く彼女を抱きしめ、わずかに残った自制心を保とうと必死になっていた。彼女は、ネイサンがずっと自分に課してきた制限の向こうに、彼をほうり投げようとしていた。理性も、行儀のよさもとり払って。

ネイサンはあえぎ、その肌はわずかな時間のうちにふくれあがった欲求のためにじっとり汗ばみ、熱くなっていた。彼はジャッキーの肌をじかに感じたくて、彼女の服を肩から引きはがした。飽くことを知らない貪欲《どんよく》さが、彼を支配していた。

「ジャック」ネイサンは唇をジャッキーの喉もとにあて、むさぼるように味わった。もっともっと、彼にはそのことしか考えられなかった。「ジャック、もう少し待ってくれないか?」彼が再び言った。

だが、彼の口の上におおいかぶさってきた彼女の口も同じように貪欲だった。ジャッキーは笑い声をたてた。

ちくしょう、そう思ったが、その言葉も喉につかえたままになってしまった。ネイサンは彼女のからだからジャンプスーツを引きはがし、ふたりは床にすべるように身を横たえた。

ジャッキーもせわしげに指を動かして、最後まで残っていた彼の下着を引きはがした。彼を、彼のすべてを感じたかった。ふたりで絨毯の上を転げまわっているうちに、肌と肌がこすれあい、彼女の肌は火がついたように熱くなってきた。

私が彼をリードし、支配し、おだて、誘惑してあげる。ジャッキーはそう思っていたが、そうはいかなかった。パチンコではじき飛ばされた小石のように、彼女は高く投げとばされてしまい、もはや自分をコントロールすることができなくなっている。だが、わずかに残った理性で、ネイサンも自分と同じ状態にいることを知っていた。

からだをからみあわせて、ふたりはおたがいを求め、まさぐりながら、ぐるぐると転げまわった。ふたりともかなりの集中力の持ち主だったが、今夜までそれを愛の行為にこれほどまでに使ったことはなかった。足にからまっていた衣類が、けりおとされる。強い風に翻弄《ほんろう》された雨が弾丸のように窓を打ちつけているが、ふたりはそれにも気づかなかった。テーブルの上にあったなにかが、がたがたと揺れ、それからがたんと音をたてて下に落ちたが、ふたりの耳にはそれも聞こえなかった。

つぶやくような約束の言葉も、甘いささやきもなかった。あるのはため息とおののきだけ。いつくしむような愛撫《あいぶ》もやさしいキスもない。あるのは欲求と飢えだけだった。

息を荒らげながら、ネイサンは彼女の上になった。まだときどき稲妻が走り、彼女の顔や髪を照らしだす。彼が彼女のなかに入っていったとき、ジャッキーは頭をのけぞらせ、目をしっかりと見開いていた。

完璧《かんぺき》。

裸で、じっとりと汗ばみ、もうろうとしながら彼にしがみついていたとき、この言葉がジャッキーの頭をかけめぐった。今までこれほどまでに完璧だと感じたことはなかった。彼の心臓はまだどきどきと高鳴り、彼の吐く息が頬に温かい。いつの間にか雨も小降りになり、雷鳴も遠のいていた。嵐は通り過ぎたようだ。

ネイサンへの気持ちを確かめるために愛の行為が必要だったわけではない。愛を交わすことは人を愛していることのひとつの延長にすぎない。だが、彼女のたくましい、えてして行き過ぎの感がある想像力をもってしても、これほどすばらしいことが待っているとはわからなかった。

彼は彼女をからっぽにし、そしてまたいっぱいに満たした。

これから何回ふたりが愛を交わそうとも、何年ふたりが一緒に過ごそうとも、はじめてというのはこれ一度きりしかない。ジャッキーは目を閉じ、腕を彼のからだにまわして、じっくりと味わった。

ネイサンは彼女になんと言ったらいいのかわからなかった。もっとも、それも話ができればのことだけれど。彼は自分という人間を知っていると思っていた。あるがままの自分、自分がそうありたいと思って選んできた自分を。今までの人生のほとんどを一緒に過ごしてきたネイサン・パウエルという男は、こんなにも向こう見ずに情熱のおもむくままに飛びこむような男ではなかったはずだ。

彼は、時間、空間の感覚をすべてなくし、それどころか自分自身さえも見失って、彼女のなかへと飛びこんでしまったのだ。こんなことは一度もしたことがない。そして、これからもすることはないだろう。相手がジャッキーでさえなかったら。

彼女をもっといたわり、もっと思いやって抱くべきだった。だが、いったんことがはじまってしまうと、彼は完全に足場を失ってしまい、彼女と一緒に崖《がけ》を転がり落ちてしまったのだった。

これこそ彼女が——そして自分もが——望んでいたことだったのだ。だが、これでよかったのだろうか？

さっきはなんの言葉もなく、疑問の余地すらなかった。自分の責任とか、彼女を守るといったことなど頭にすら浮かばなかった。そう思うと、手で彼女の髪を撫でながらも、ネイサンはわずかに尻ごみしたい気分になった。

このことはすぐにでも話しあわなければ……。ネイサンはそう思った。たった今ふたりのあいだに起こったことがまた再び起こりうるだろうとわかっていたから。だからと言って、いつもそうなってしまうということではない。ネイサンはジャッキーの肩の丸みにいとおしそうに手をあててそう思った。

「ジャック？」

ジャッキーが頭を傾けて彼を見あげたとき、自分のなかに予期せぬやさしさがこみあげてきたのにネイサンは声も出ないほど驚いた。にっこり微笑みながら、ジャッキーはさらに顔を近づけ、彼の唇に自分の唇を重ねる。それがさきほどの欲望の余韻に新たに火をつけた。ジャッキーの髪を撫でていたネイサンの手にぎゅっと力が入り、彼女をそばに引き寄せる。しなやかに、するりとジャッキーは彼の上にのった。

「愛しているわ、ネイサン。いいえ、なにも言わないで」欲望をかきたてるというよりは、逆になだめようとして彼女は唇を彼の唇にそっとこすりつけた。「あなたはなにも言わなくていいの。私だけが話せばいいのよ。あなたと何度も愛しあいたいわ」

口で言う以上にすでに彼女の手が同じことを語っていた。ジャッキーは唇を徐々に下のほうにすべらせ、彼の首筋に這わせた。それに対する反応の速さに、ネイサンは自分でも驚いてしまった。

「ジャック、ちょっと待ってくれ」

「もう文句は聞きたくないわ。私、あなたを一度は夢中にさせたでしょ。もう一度できるわよ」

「それはうれしいよ。でも、ちょっと待って」彼女のことだけを考えて、ネイサンは彼女の肩を押さえてからだを引きはなした。「ちょっと話しあわなくては」

「話しあうのは年をとってからでいいわ――でも、私、あなたの絨毯が大好きということだけは言っておいてもいいけど」

「僕も好きになってきたよ。だけど、ちょっと待って」彼の手から逃れようとジャッキーがからだをよじったので、ネイサンは再び言った。「ジャック、真剣に言ってるんだ」

ジャッキーは大げさにため息をついた。「今、真剣にならないといけないの?」

「そうだ」

「わかったわ。じゃあ、どうぞ」ジャッキーもまじめな顔つきをして、居心地のいい状態にからだを落ちつかせた。

「さっきのことを考えていたんだけど」ネイサンは自分に腹をたてながら、話しはじめた。「だけど、もう二度と同じ間違いはしないつもりだ。あっという間にああなってしまって、これでいいのかって、きく暇も、いや、きくことを考える暇すらなかったんだよ」

「もちろんあれでよかったのよ」ジャッキーは笑いながら言った。「でも」わかったというふうに、彼女は目を大きくした。「あなたってほんとうにいい人ね」両肩を押さえられているにもかかわらず、ジャッキーは上手に彼にキスをした。「ええ、あれでいいの。私、ぼんやりして見えるとは思うけど、実際はそうじゃないのよ。少なくとも、自分のことに責任は持てるわ」

ふいにまたやさしさがこみあげてきて、ネイサンは両手で彼女の顔を包みこんだ。「きみはぼんやりなんかしてないよ。そんなふうな行動をするときもあるかもしれないけど。きみはきれいだよ」

「少しは私に心を動かされてきたようね」軽い調子で言ったつもりだったが、ジャッキーの目はうるんでいた。「あなたにきれいだって思ってもらいたかったの。ずっときれいになりたいと思っていたわ」

前髪が眉の上におおいかぶさった。ネイサンはそれをかきあげて、彼女の髪に指をからめたい衝動にかられた。「きみをはじめて見たとき、僕が疲れはてて帰ってきて、泡風呂にきみが座っているのを見たとき、きれいだって思ったよ」

「私はあなたをジェイクだと思ったわ」

「なんだって?」

「あそこに座って、私は小説のことを、ジェイクのことを考えていたの。どんな風貌《ふうぼう》をしているかってね」そのときのことを思いだしながら、ジャッキーは指でネイサンの顔を撫でまわした。「からだつきや、髪や目の色や、目鼻立ちなんかを。そして、目を開けたらあなたが見えたの。彼だ、と思ったわ」ジャッキーは自分の頬を彼の胸にあてた。「私のヒーローだって」

ネイサンはとまどいながら、彼女のからだに腕をまわした。「僕はヒーローなんかじゃないよ、ジャック」

「私にとってはそうなの」彼女は今度は額を彼の額にくっつけた。「ネイサン、私、シュトルーデルのことを忘れていたわ」

「忘れていた? なんのシュトルーデル?」

「デザートにとつくったりんごのシュトルーデルよ。少しお皿にのせて持ってきて、ベッドで食べない?」

ジャッキーの愛とヒーローのことはあとで考えよう、あとで。ネイサンはそう思った。

「賢明な考えだね」

「オーケー」ジャッキーは彼の鼻先にキスをし、にっこり微笑んだ。「あなたのベッドで、それとも私の？」

「僕の」待ってましたとばかりに、ネイサンがつぶやいた。「僕のベッドできみを抱きたい」

この朝寝は自分に対するごほうびだわ。ジャッキーはベッドで思いきりからだを伸ばしながら、この思いを胸に抱きしめた。何日も朝早く起き、すぐにタイプライターに向かう生活を続けたあとで、ゆっくり朝寝坊をすることは、なににもまさるぜいたくという気がした。脚を動かすと、ネイサンの脚に触れた。「起きてるの？」目をつぶったままジャッキーはたずねた。

「いいや」ネイサンは腕を彼女にまわした。

まどろみながら、ジャッキーはゆっくり微笑み、彼の腕を軽くかんだ。「起きたい？」

「場合によるな」彼はからだを動かして近づいてきて、温かいからだが触れあう感覚を楽しんでいる。

「シュトルーデルがベッドに残っていないかな？」

「どうかしら。見てみる？」そう言うと、ジャッキーはシーツを頭の上にまくりあげて、彼に飛びかかっていった。

彼女の体力はすごい。と、あとになって自分の上で大の字になっている彼女を見ながらネイサンは思った。シーツはふたりの足のところで丸まって、ねじれていた。まだはあはあ言っている息を整えながら、ネイサンは目を細めて彼女を見ていた。

彼女とのことをどうしようか？

もはや彼女のことをそっとつっついてみるだけなどとは言っていられなくなってきた。彼女に自分と一緒にいてほしかった。彼女を必要としていた。必要。この言葉は彼がずっと注意深く避けてきた言葉だ。それが自分のなかにいきなり入りこんできて、彼はどう扱っていいのか途方に暮れていた。

明日、一週間後、一カ月後、彼女がいなかったら自分はなにをするだろうか、とネイサンは考えてみた。しかし、心は空白のままなんの考えもわいてこない。まったくネイサンらしくもないことだった。考えてみれば、彼女が生活に割りこんできてからというもの、ネイサンはずっと自分らしさを失ってしまっていた。

彼女は僕になにを期待しているのだろうか？　そう思ってネイサンは自己嫌悪に陥った。自分が彼女にそれをきけないのがわかっていたからだ。彼女が望んでいることくらいわかっていた。彼女は僕を愛している。少なくともきょうは。で、僕は……僕も彼女が好きだ。愛という言葉をネイサンは自分に禁じていた。愛は約束を意味する。彼は自分が必ず守れると確信できないかぎり、決して約束はしないことにしていた。気軽にして、気軽に破る約束は、嘘《うそ》よりもたちが悪い。

窓から差しこむ朝日を浴び、春の喜びを歌う小鳥の歌を聞きながら、ネイサンはことがジャッキーの好みのように簡単であればどんなにいいか、と思っていた。愛、結婚、家族。だが彼は、愛が必ずしも幸せな結婚を保証するわけでもなく、結婚イコール家族というわけでもないことをあまりにも知りすぎていた。

ネイサンは彼女を愛することを自分自身に許せなかった。愛すれば約束をしなければならない。そして、もしその約束を破ることになれば、自分が許せなくなるに決まっている。彼女は僕なんかにはもったいない。

「ネイサン？」

「うん？」

「なにを考えているの？」

「きみのことだよ」

顔をあげた彼女の目は、思いのほかきまじめだった。「いやよ」

困ってしまって、ネイサンは指で彼女の髪をすいた。「どうして？」

「だって、あなたまた、肩に力が入ってしまうでしょ」彼女の顔の上をなにかが通りすぎた。ネイサンは彼女の顔に悲しみの影をはじめて見た。「後悔なんかしないで。そんなこと耐えられないわ」

「いや」ネイサンは彼女を引き寄せて、腕に抱いた。「後悔なんかしていない。なんでできる?」

ジャッキーは顔をネイサンの首に埋《うず》めた。彼は知らないが、ジャッキーは必死で泣くまいとこらえていた。この気持ちをどう説明したらいいのだろうか。「愛しているわ、ネイサン。だから、あなたにこのことを後悔してもらいたくないし、心配もしてもらいたくないのよ。ただ起こるべくして起こったというふうに考えてもらいたいの」

ネイサンは指をジャッキーの顎の下にあてて、顔を上向かせた。彼女の目はもう乾いていたが、ネイサンの目は真剣だった。「きみはそれでいいのか?」

「きょうのところはいいの」笑顔がもどってきた。と言っても、むりにつくった笑顔だけれど。「明日どう感じるかなんてそのときにならないとわからないわ。ブランチはどう? あなた、まだ私のクレープを食べてなかったわね。私のクレープはほんとうにおいしいのよ。でも、ホイップクリームがあったかしら。もちろん、オムレツならいつでもできるわ。ただし、マッシュルームがまだひからびていなかったらの話だけど。それとも、シュトルーデルの残りを食べてもいいわね。でなかったら、まず先に泳いで、それから――」

「ジャック?」

「え?」

「黙って」

「今?」彼の手が腰にまですべりおりてきたので、ジャッキーはたずねた。

「そう」

「わかったわ」

ジャッキーは笑いかけたが、彼の唇があまりにもそっと、こわれものでもさわるようなやさしさで重ねられたので、笑い声はうめきに変わってしまった。最初面白そうに輝いていた目は、自分の声を聞いてぎゅっと閉じられた。ジャッキーは強い女性だった。勇ましいと言ってもいいほどだ。だが、やさしさには弱かった。

彼女のこの反応は、ネイサンには意外だった。燃えさかる炎も、轟《とどろ》く雷鳴もない。ただ、からだを痺《しび》れさせるような、けだるい温かさだけが、彼の肌の下へ、頭のなかへ、心のなかへとしみ渡っていった。ただ一度のキスで、ただ唇と唇を重ねただけで、ジャッキーは彼を満たしてしまった。

ネイサンは今までジャッキーのことをデリケートだとは思っていなかった。が、今の彼女はデリケートそのものだった。彼の手のなかで彼女は溶けてしまいそうだ。無防備さをさらけだしている。キスが進むにつれて、ネイサンは手を動かして彼女の頬に触れた。まるで、しっかりと頬を押さえて彼女をつかまえておこうとでもするかのように。

辛抱強さ。ネイサンには強固な、石のように固い忍耐力があることをジャッキーは知っていた。だが、今までそれを彼女のために彼が見せることはなかった。思いやり。これも、ジャッキーが彼の内に感じていたものだ。彼が今それを自分に示してくれていると思うと、ダイヤモンド以上に価値のあるものという気がしてくる。彼女はまた彼に抱かれてわれを忘れていった。だが、今度はさっきのように気も狂わんばかりのスピードで先を急ぐのではなく、すでに行き先のわかっているところへ、ゆっくり、じっくりと時間をかけて……。

9

「ネイサン、あなたは誘拐されたのよ。おとなしくしたほうが身のためだわ」

タオルを腰に巻きながら、ネイサンは声のするほうを見た。ノックもせずにジャッキーが浴室のドアを開け、なかにつかつかと入ってきた。こういうのにも慣れなくては。タオルが落ちないように確かめながら、ネイサンは思った。ジャッキーは神出鬼没、どこでなにをしはじめるかわからない。

「靴を履いてもいいかな？」

「十分だけ時間をあげるわ」

彼女が出ていこうとするのを、ネイサンは腕をつかんで引きとめた。「どこにいたんだい？」

そう言ったとたんに、僕は彼女にまとわりつきすぎている、とネイサンは思った。その朝も、目がさめてそばに彼女がいないのがわかると、家じゅう走りまわって彼女の居どころを捜したい衝動を抑えるのに苦労したのだった。ふたりが恋人の関係になってたった三日。それなのにもう彼は、朝目ざめてそばにジャッキーがいないと、大事なものが欠けているという気持ちになってしまう。

「しなきゃいけない仕事がある人もいるのよ、いくら土曜日とはいえね」ジャッキーは彼の足もとから頭までじろりと見た。びしょ濡《ぬ》れで、よく日に焼け、ほとんど裸だ。あんな計画を立てなかったほうがよかったかしら、とジャッキーはちらりと思った。「十分で下までおりてきて。じゃないと痛い目にあうわよ」

「いったいなんなんだい、ジャック？」

「あなたは質問する立場にはないの」最後の微笑《ほほえ》みを残して、ジャッキーは行ってしまった。軽やかに階段をかけおりる足音が聞こえる。

いったいなにをするつもりなんだろうか？ そう思いながらネイサンはかみそりに手を伸ばした。ジャッキーときたら、なにをしでかすかわかったもんじゃない。ほんとうなら気を悪くしてもいいはずなんだが。ネイサンは顔に石鹸《せっけん》の泡を塗りつけた。彼のほうでもきょうの予定を立てていたのだ。

まず、書斎で今度のシドニーのプロジェクトの準備を二、三時間してから、そのあとデンバーの仕事の未処理事項に手を入れれば、午前中は終わってしまう。その後、ジャッキーを連れてカントリークラブに行き、昼食を食べてからテニスをする。そう考えていたのだ。誘拐されることは彼の予定には入っていなかった。

だが、ネイサンは別にうっとうしいとも思わなかった。泡だった頬にかみそりをあてる。窓を開けているので、鏡はほとんど曇っていない。自分の顔が映っているのがはっきりと見えた。なにが変わったのだろうか？

そこにいるのはやはり、責任感があり、なにを優先させるべきかを心得た男、ネイサン・パウエルだ。見知らぬ男ではなく、よく知っている男だった。目も、顔の形も、髪型も前と同じだ。同じように見えるのに、なぜ前と同じような気がしないのだろう？　いや、自分をそれほどよく知っているはずの男が、どうして自分の気持ちをはっきりと指摘できないのだろうか？

そんな思いをふり払うように、彼はひげそり跡を洗い流した。ばかばかしい。僕は以前の僕のままだ。変わったことといえば、ジャッキーが現れたということだけだ。

で、いったい彼女のことはどうするつもりなんだ？

この問題はもう避けては通れないところにまできていた。彼女とのかかわりが深くなればなるほど、自分が彼女を傷つけることになるのは確かだった。そうなれば生涯悔やむことになるだろう。あと数週間で僕はデンバーに行かなければならない。だが、彼女になんの約束も誓いの言葉も残すことはできないし、彼女が聞きたがっている言葉を言わないままで、待っていてくれとはとても言えない。

ジャッキーとのことは、自分の人生というきまじめな本のなかにほんの数ページはさまれたカラーページにすぎない。ネイサンはそう思いたかった。だが、そう思っても、自分がこの先何度も何度もそのカラーページをくりかえし見ることになるのはもうわかっていた。話しあわなければ。アフターシェイブローションをたたきつけると、肌がひんやりして、きりっと引きしまった。この問題を真剣に、じっくりと話しあおう、それも、できるだけ早い機会に。それができるかどうかは、すべて彼の気持ちしだいだった。残念ながら、この世界はふたりの人間だけで成りたっているのではない。それに、ふたりには出会う前からそれぞれの生活というものがあった。

「もう時間がないわよ、ネイサン」

階下からのジャッキーの声が、ネイサンの白昼夢を破った。そういえばこうやってぼんやり考えごとをすることも、以前の彼にはなかったことだ。自分に毒づきながら、ネイサンはタオルをほうり投げ、服を身につけはじめた。

台所に入っていくと、ジャッキーがクーラーボックスのふたをしっかりと閉めているところだった。ラジオでは五〇年代のグループが愛と献身の歌を歌っている。「あなたはラッキーよ。私、寛大にもさらに五分の時間をあげたんだから」ふりかえって、ジャッキーは彼の姿をしげしげと見た。黒いショーツに白いシャツ。髪の毛はまだ少し濡れている。

「それだけの値打ちはあったみたいね」

ジャッキーの、率直でものおじしないほめ言葉に、ネイサンはまだ完全には慣れていなかった。「いったいなにをするつもりなんだ、ジャック？」「言ったでしょ。あなたは誘拐されているんだって」ジャッキーは素早く彼の腰のまわりに腕をからめた。「逃げようなんて思ったら、こっちにも考えがあるから」顔を強くネイサンの首筋に押しつける。「あなたのアフターシェイブローションのにおい、好きよ」

「クーラーのなかにはなにが入っているんだい？」

「内緒。座って、シリアルを食べて」

「シリアル？」

「人はホットケーキのみにて生きるものにあらず、よ」ジャッキーは素早くキスをした。「それとバナナもどうぞ」彼女はバナナを一本とりにいき、途中で気が変わって二本持ってきた。そして、バナナをむきながら話しはじめた。「あなたはきょう一日、私の人質だと思って。そして、なにも考えないで過ごすの」

「なにも考えないって？」

「私たち、ここ数日よく働いたわ。もっとも、あの記念すべき日は別だけど」ジャッキーはにっこり笑って、バナナにぱくりとかぶりついた。「まあ、あれはあれで消耗したけどね。で……」彼女はぽんとテーブルをたたいた。「あなたをドライブに連れていくことにしたの」

「なるほど」ネイサンはコーンフレークのボウルの上にバナナを輪切りにして落としてい

った。「どこか特別な場所を考えてるのかい?」

「いいえ。どこでもいいの。あなたは食べてて、私、これをボートに積んでくるから」

「ボート?」ネイサンはバナナの皮を手に持ったまま、動きをとめた。「僕のボート」

「もちろんよ」クーラーをかかえあげながら、ジャッキーは微笑んでふりかえった。「あなたのこと、すごく愛しているけど、それでもあなたが水の上を歩けるとは思っていないわ。そうそう、コーヒーもできてるわ。でも、急いでね」

言われたとおりネイサンは急いで朝食をすませた。冷たいコーンフレークのボウルよりも、彼女がひそかに用意しているもののほうにずっと興味があったからだ。

外では、ジャッキーがてきぱきと荷物をハッチに納めているところだった。燃えるようなオレンジ色のサンバイザーをかぶっている。ショートパンツや、サングラスの縁も同じオレンジ色だった。

「準備完了?」とジャッキーがきいた。「じゃあ、もやいを解いてくれる」

「きみが操縦するのかい?」

「もちろんよ。私、言ってみれば船で生まれたようなものなの」ジャッキーは舵《かじ》の後ろ側にすべりこみ、ロープを手にしたままとまどっているネイサンをふりかえった。「大丈夫。信用して。もう地図の調べは終わっているから」

「そう。じゃあ」自分はあえて死の危険を冒そうとしているのだろうか。そう思いながら、ネイサンはロープをはずし、甲板に乗りこんだ。

「日焼けどめよ」ジャッキーはそう言ってチューブを彼に渡した。そしてなめらかにボートを岸からはなしていく。「セント・トーマスまで行くっていうのはどう？」

「ジャック……」

「冗談よ。ただこの水路にそって巡航したらどんなに楽しいだろうって考えていただけ。ひと夏かけてクルージングするの」

彼もそのことを考えたことはあった。いつかゆっくり時間が持てたときのために。たぶん、引退後のことになるだろうが。だが、ジャックがそれを口にすると、明日にでもできるような気になってくる。ほんとうに明日そうすることができれば、とネイサンは思ってしまった。彼女の操縦ぶりを見ながら、ネイサンは口のなかでなにやらつぶやいていた。

心配することなどなにもなかったのだ。彼女はなんでも難なくやりこなしてしまう。やすやすと舵を操りながら彼女は運河を航行していった。スピードをあげたときでさえ、ネイサンは安心していることができた。

「誘拐にいい日を選んだね」

「私もそう思っていたの」ジャッキーはにこっと笑ってから、気持ちよさそうに自分の席に腰をおろした。

ジャッキーは草がうっそうと生い茂っているわき道のような水路に入っていった。かろうじて二隻の船がすれちがえるくらいの幅しかない。岸の側では、水面から枯木の枝が、ねじれた腕のようにつきでていた。ふたりの後ろには航跡が白く残ったが、前方の水は暗く、神秘的なようすをたたえていた。頭上では、あと数週間で蒸し暑い夏がやってくることを思わせるような白い太陽が照りつけている。水しぶきが飛び、日の光が反射してきらきら光った。モーターの音に驚いた小鳥が、木の上からぱっと飛びたった。

「アマゾンには行ったことある？」

「いいや」ネイサンはジャッキーのほうを見た。「きみは？」

「まだないけど」たまたま行かなかっただけのことだというような言い方だった。「こんな感じかもしれないわね。茶色く濁った水、生い茂った草木が危険なジャングルの生き物を隠していて。ここにはわにはいるの？」

「さあ、どうかな」

突然ジャッキーはエンジンを切った。

「なにをしているんだい？」

「聞いてるの」

しばらくすると、小鳥たちの鳴き声が聞こえてきた。虫も高くきれいな声でコーラスをはじめた。ちゃぽん、ちゃぽんという水音も聞こえる。蛙《かえる》が早い昼食に虫でもつかまえたのだろう。水そのものも、眠気をさそうような、低くつぶやくような音を出していた。はるか遠くで、別のボートのエンジンの音がかすかに聞こえている。

「私、キャンプに行くのが大好きだったの」昔を思いだすようにジャッキーが言った。「兄のうちのどちらかにせがんで――」

「きみに兄さんがいたなんて知らなかったな」

「ふたりいるの。幸いなことに、ふたりとも父の事業に夢中で、私を好きなようにほうっておいてくれるから助かっているんだけど……。でね、脅迫のようなまねまですることも多かったけど、とにかく兄に一緒に行ってもらって、キャンプの火をじっと見て耳を澄ましているのが大好きだったの。行きたいところへ、どこでも行けるのよ」

「どこに行ったんだい?」

「それはもう、あちこち。でも、アリゾナが最高だったわ。テントのそばに座っているときの砂漠のすばらしさはとても口では言い表せないくらい」そこまで言って、ジャッキーはまたにこっと笑った。「もちろん、大統領用のスイートルームに泊まって、ルームサービスを受けるっていうのもたまらない魅力があるけど。まあ、そのときの気分しだいってとこね。あなたが操縦する?」

「いや、きみはなかなか上手だから」

笑いながら、ジャッキーはエンジンをかけた。

「言いたくないけど、あなたはまだなにも見ていないのよ」ジャッキーは興味のおもむくままに、主流からはなれた水路や、小さな入江などを通りぬけ、かなりのスピードでボートを飛ばした。また、ローダーデールから出ている大型観光客船〈ジャングル・クイーン〉の後ろにぴったりついていって、観光客に手をふって喜んだりもした。しばらくのあいだ、この客船のあとをついていきながら、ふたりは水路沿岸の風景を楽しんだ。

観光ルートからはずれて、草木がうっそうと生い茂った岸が迫ってきているような、静かで、曲がりくねった水路に入りこみ、迷ったふりをするのも面白かった。たわんだやしの木と糸杉の下でエンジンを切ると、ジャッキーはピクニック用に用意したものを出しはじめた。

紙コップに入れたブルゴーニュ産の辛口白ワイン、プラスチックのフォークでかきだせるように割れ目を入れた蟹《かに》、それから、かわいいスイス・メレンゲも白いものとつやつやしたものの二種類が用意されていた。食事が終わると、ジャッキーはネイサンにシャツを脱ぐように言い、彼のからだに日焼けどめクリームを塗りながら、このフロリダの大沼沢地、エバーグレイドを舞台にした小説の構想を話して聞かせた。

彼の肌にクリームを塗りながら、彼女がいちばん驚いたことは、ネイサンがすっかりリラックスしているということだった。肩も首筋もどこも凝っていない。ネイサンがお返しに、ジャッキーのブルーのタンクトップから出ている肌にクリームを塗ったときにも、もちろんどこも凝っていなかった。

クーラーをまたしまいこむと、ジャッキーは舵の後ろに飛んでもどった。「これでのんびりした朝はおしまい」そう言うと、ボートをぐいとまわして、進みだした。

突っこむようにポート・エバーグレイドに入ると、そこには巡航船や、貨物船、ヨットなどがたくさん停泊していた。ここまで来ると水面も広く開けている。水しぶきもひんやりとして、空気にもいろいろな物音がまざりあっていた。

「前にもここに来たことある？」ジャッキーは叫んだ。

「いや」と、ネイサンはさっきジャッキーがかぶせたサンバイザーのつばを手で押さえながら言った。「めったに来ない」

「私、ここ大好き！　この船たちがここに来る前どこを通ってきたかを考えてごらんなさいよ。それから、これからどこへ行くかを。何百、何千という人々が旅の途中にここに寄ったのよ……メキシコとかキューバへ行く途中に」

「アマゾンもかな？」

「そうよ」笑いながら、ジャッキーはボートをくるりと旋回させた。両側に水しぶきがあがる。「行ってみたいところがいっぱいあるわ。やりたいことをすべてやるには、人生は短すぎるわ」風のなかで彼女の髪が踊っている。「だから、私はもどっていくのよ」

「フロリダへ？」

「いいえ、人生によ」

ネイサンは彼女がまた笑い声をあげ、別の船を指さすのを見ていた。他の人にはできなくても、ジャッキーなら生まれ変わることができそうな気がした。ネイサンは彼女のやりたいままにやらせておいた。仮にとめようとしたところで、そんなことができるかどうかもわからなかった。そのうえ、彼も久しぶりで競走を楽しんでいた。

昼さがりになると、ジャッキーはボートを埠頭《ふとう》に寄せ、ネイサンにしっかりロープをつなぐように頼んだ。彼が言われたとおりにしていると、ジャッキーはハッチからバッグをとりだした。

「今からどこに行くんだい？」

「買い物よ」

彼女が桟橋におりるのに手を貸しながら、ネイサンがきいた。「なんのための？」

「なんでもいいわ。というか、なんのためでもないというか」ネイサンの手をとりながら、ジャッキーは歩きだした。「ねえ、春休みがもうすぐそこまで来ているわ。あと数週間もすれば、このあたりは学生でいっぱいになるわね。東部のリゾートのメッカですもの」

「思いださせないでくれよ」

「まあ、そんな堅苦しいおじさんみたいな言い方はやめてよ、ネイサン。学生たちだってエネルギーを発散させなきゃ。でも、そのころになるとお店は大混雑になるわ。私はそれはそれで好きなんだけど、あなたはそうじゃないでしょ。だから、今やっといたほうがいいと思って」

「今やるってなにを？」

「だから買い物よ」ジャッキーは辛抱強く説明をした。「観光客になったつもりになって、安っぽい土産物や、変な言葉が書いてあるTシャツを買ったり、貝殻の灰皿をしつこく値切ってみたりするのよ」

「僕のことをそこまで考えてくれて、なんとお礼を言っていいかわからないよ」

「どういたしまして、ダーリン」ジャッキーは素早く彼の頬にキスをした。「ねえ、私の勘がはずれていなかったらの話だけど、あなたこういうことをやったことないでしょう」

ジャッキーが返事を待っているので、ネイサンは驚いた。「うん、やったことない」

「やってみる時機よ」ジャッキーはもっと気どってみえるように、ネイサンのサンバイザーの角度をなおした。「あなたは賢明にも南部に移ってきて、ここが繁栄すると見こしてフォート・ローダーデールを選んだようだけど、海岸をぶらぶらすることはしないみたいね」

「買い物をするんじゃなかったのかい？」

「同じことよ」そう言って、彼女は腕をネイサンの腰にまわした。「ねえ、ネイサン、私の知っているかぎり、あなたはビールの宣伝文句や、ロックコンサートの広告や、いやらしい言葉を書いたTシャツを一枚も持っていないわね」

「買う余裕がなかったものでね」

「そうでしょうとも。だから、私が手伝ってあげたいのよ」

「ジャック」ネイサンは立ちどまって、やさしくジャッキーの両肩をつかんだ。「お願いだからやめてくれよ」

「あとで私に感謝することになるから」

「じゃあ、妥協しよう。ネクタイなら買うよ」

「裸の人魚が描《か》いてあるのなら買ってもいいわ」

ラス・オラス大通り付近に、まさにジャッキーが想像していたようなところがあった。迷路のような小路に、シュノーケルからサファイアまでありとあらゆるものを売る店がずらりと並んでいる。あなたのためなのだからと言いながら、ジャッキーはネイサンをある混雑した店に引きずりこんだ。店の入口の両側には、けばけばしいフラミンゴの置物が置いてあった。

「フラミンゴが流行になりすぎてしまっていやだわ。私、大好きなのに。あら、見て。私、こういうのがほしかったの。一面に貝殻をはりつけたオルゴールよ。なんの曲だと思う」

ネイサンが今までこれほどひどい代物は見たことがないと思っているもののねじを、彼女は巻いた。オルゴールが《ムーン・リバー》を奏ではじめる。

「違うわね」メロディーを聞きながら、ジャッキーは頭をふった。「別にこれなしでもやっていけるわ」

「よかった」

くすくす笑いながら、ジャッキーは同じように安っぽい品物があれこれ並んでいる棚をのぞいて歩いた。「ネイサン、あなたが審美眼の持ち主だってことはよくわかっているけど、醜くてなんの役にもたたないものにも大切なところはあるのよ」

「ああ、だがここにあるものがそうだとは思えないね。こんなの子どものプレゼントだよ」

「ねえ、これを買いなさいよ」

「いやだよ」小さな貝殻を寄せ集めてつくったペリカンをジャッキーがとりあげたので、ネイサンはあわてて言った。「お願いだから。気持ちはとてもありがたいけど、とてもこれはだめだ」

「デモンストレーションのつもりで言ってみたのよ。これだって見方によってはすてきよ」ネイサンが目を見開いたので、ジャッキーは笑いだした。「違うのよ、ほんとうに。ねえ、こう考えてみて。カップルがここにハネムーンでやってきて、過ぎし日の思い出となるような、ばかげているけど非常に個人的なものをなにか買いたいと思っている、と。十年後にそれを見たら、保険の支払いも濡れたおむつも関係なかった、あの仲むつまじい日々をよみがえらせてくれる、彼らはそんなものを必要としているのよ」そう言ってジャッキーはペリカンをかかげた。「ボワラ《すてき》」

「ボワラだって？　ペリカンにふつうそんなことは言わないよ。とりわけ、貝殻でつくってある場合にはね」

「もっと想像力を使ってよ」ジャッキーはため息まじりに言った。「あなたにあともう少し想像力があればいいんだけど」ほんとうに残念だと言わんばかりに、ジャッキーはペリカンをもとにもどした。

ネイサンはほっとしたとたん、今度は迷路のようにTシャツが並んでいるところに引っぱりこまれた。ジャッキーは、ハンモックに寝そべったわにがワインを飲んでいる絵がついたブルーグリーンのTシャツが気に入ったようだった。だが、それを通りこし、サングラスをかけたさめがにやっと笑っている絵のついたのを引っぱりだした。

「これはあなたよ」と大げさに言ってみせる。

「これが？」

「そっくりだわ。なにもあなたがなにかを略奪するって言うんじゃないの。さめは孤独を愛することでも有名なのよ。このサングラスは、プライバシーを必要としていることのシンボルよ」

ネイサンは顔をしかめながら、しげしげとその図柄を見た。「Tシャツに哲学的解釈をする人なんて見たことがないよ」

「服装は人なり、なのよ、ネイサン」そのTシャツを腕に広げて、ジャッキーはなおも見ている。彼女が魚のスクリーンプリントがついたネクタイの棚のほうをぶらつきはじめたので、ネイサンは断固とした調子で言った。

「だめだ、ジャック。いくらきみが言ってもこれだけはだめだからな」

ため息をついて、ジャッキーはTシャツ売場にもどった。

ジャッキーは十軒以上もの店にネイサンを引っぱっていった。おかげで彼の頭のなかでは、はでなやしの木の絵や、プラスチックのマグカップ、けばけばしい麦わら帽子などがちらちらとしていた。彼女の買い方は、スタイルや用途などをいっさい無視したものだった。そのうち、ジャッキーは突然ひらめいたように、大きな紙粘土製のおうむを父親に発送する手続きをした。「母はきっとこれをオフィスに持っていけと言うだろうけど、父はきっと気に入るわ。父はね、こういうばかげたものが大好きなの」

「きみはその血を引いたってわけ?」

「みたいね」ジャッキーは腰に手をあてて、見逃したものはなにもないか確かめるために、ぐるっとひとまわりした。「さて、これも買ったし、次は小さな宝石店に行って、母になにかいいものがないか見てみなくちゃ」そう言うとレシートをポケットにつっこみ、ネイサンから包みをふたつ受けとった。「まだ買い物につきあえる?」

「きみがしたいのならいいよ」

「やさしいのね」ジャッキーは包みのあいだから身を乗りだして、彼にキスをした。「あなたにアイスクリームをごちそうしようかな」

「それはいいね」

ジャッキーはにこっとした。「母になにか趣味のいいものを見つけたら、すぐに買うわね」

十五分ほどして、ジャッキーは真珠の飾りのついた黒檀《こくたん》でできたピンを選んだ。とても大人っぽく、優雅で趣味のいいものだった。

買い物につきあって、ネイサンはふたつのことを発見した。まずひとつ目は、彼女は値段にはほとんど頓着《とんじゃく》しないということ。あの無頓着さから見ると、このピンがたとえどんなに高いものであっても、彼女は買っていただろう。衝動買いといえば確かにそのとおりだったが、彼女にとっては、いったんその品物がいいと決めたら値段など関係ないのだ、そんなふうにネイサンには感じられた。二番目は、このピンは実におとなしく、優雅で、彼女が父親に選んだおうむとは似ても似つかないものだということだった。

彼女の両親は、そんなに正反対みたいな夫婦なのだろうか。

子どもというものは、いいにつけ悪いにつけ、両親の特徴を引き継ぐものだ。ネイサンはずっと、それも少し過剰なくらいに、そう信じてきた。だが、ジャッキーには、趣味のいいクラシックなピンをつける女性のようなところはまったくないし、かといってビジネスの世界で采配《さいはい》をふるう父親のようなところもない。

しばらくして、またしてもネイサンを困らせることが持ちあがった。通りを歩いていたら、ジャッキーがふたり乗り用の自転車を借りる手続きをはじめたのだ。

「ジャック、これはやめておいたほうが――」

「荷物をバスケットに入れたら、ネイサン？」ジャッキーは軽く彼の手をたたくと、レンタル料を払ってしまった。

「ジャック、僕は自転車なんて、子どものころ以来乗ってないんだよ」

「すぐに思いだすわよ」手続きが完了すると、ジャッキーはネイサンのほうをふりかえって微笑んだ。「もし心配だったら、私が前に乗るわ」

ジャッキーには別に彼をからかうつもりはなかったのかもしれないが、ネイサンにはそうは思えなかった。彼は脚をふりあげて自転車にまたがると、前のサドルに座った。「行くぞ、でもきみがやろうって言ったんだってこと覚えておいてくれよ」

「えらそうにする男の人って大好き」ジャッキーは甘えるような声を出した。その南部なまりをまねた言い方に、ネイサンは唇をゆがめ、ペダルをこぎはじめた。

彼女の言ったとおりだった。自転車の乗り方はからだが覚えていた。ふたりはなめらかにペダルを踏み、通りを横切って防波堤ぞいに走りだした。

ネイサンは自分が海岸線を自転車で走っているところなど想像もしなかった。ましてそれを楽しんでいるところなど。実のところ、町のこちら側にはめったに来ることもなかった。ここは観光客とティーンエイジャーの場所だと思っていたからだ。ジャッキーといると、自分も観光客やティーンエイジャーになったような気になってくる。彼女は彼が十年近くも住んでいる町の新しい面を教えてくれたばかりでなく、三十年以上も過ごしてきた人生についても新しいことを教えてくれた。

ジャッキーのすべてが予想外のことばかりだった。予想外ということが新鮮ということでもあることを、ネイサンははじめて知った。この数時間のあいだ、ネイサンはデンバーのことも、違約条項のことも、明日の責任のこともまったく考えなかった。明日のことなどまったく思いもしなかったのだ。

今あるのはきょうだけ。太陽は明るく、海は黄金色の砂の向こうで青々と輝いている。波打ち際で歓声をあげている子どもたち。オイルとローションのにおい。だれかが犬を連れて海岸を歩き、売り子がアイスクリームを売り歩いている。

通りの向こうには、手すりにかけられた色とりどりのタオルが、けばけばしいホテルをどこかエキゾチックなものに見せていた。ホットドッグのにおいが漂ってくる。子どもたち相手に色つきの氷も売られていた。子どもたちが大げさな音をたててそれをしゃぶると、溶けた氷が腕を伝わって流れていく。おかしなことに、ネイサンは急に自分でもそれを食べてみたくなった。

空を見あげると、すずめばちの形をした黒と黄色のたこが目にとまった。たこは風を受けて、どんどんあがっていく。地元のレストランののぼりをつけた軽飛行機がその上を飛んでいる。

そんな光景を満喫しながら、ネイサンはなぜ今まで海岸なんか面白くないと思っていたのだろうか、と考えていた。おそらく、ひとりで来たから面白くなかったのだろう。

突然、ネイサンはジャッキーに合図を送ってから自転車をとめた。

「アイスクリームをごちそうしてくれるはずじゃなかったかい？」

「そうよ」ジャッキーは軽やかに自転車からおりると、彼にキスをし、それから売り子を追いかけていった。ジャッキーはどのアイスクリームにしようかと、考えこんでいる。五百ドルのブローチを買う以上の真剣さだ。ああでもない、こうでもないとさんざん迷ったあげく、彼女はバニラの四角いアイスクリームの上にチョコレートとナッツをかけたものを選んだ。

おつりをポケットに入れると、ジャッキーはふりかえってネイサンを見た。彼は、大きなオレンジ色の風船を持っていた。「きみの服によく似合うと思って」そう言って、彼はやさしく彼女の手首にひもを結びつけてくれた。

ジャッキーは泣いてしまいそうだった。涙があふれそうになる。ひもをつけたきれいな色のゴム風船にすぎないことはわかっていた。でも、シンボルとしてこれ以上のものがあるだろうか。しぼんで空気がぬけてしまったら、ぺしゃんこにして本のページのあいだにはさんでおこう。ばらの押し花みたいに、とジャッキーは思った。

「ありがとう」やっとのことでそう言うと、ジャッキーはアイスクリームをうやうやしくネイサンに渡し、それから彼に抱きついた。

ネイサンは突然感じた自信のなさを隠そうとしながら、彼女をしっかりと抱きしめた。風船ひとつで泣きだしてしまう女性を、男はどう扱ったらいいのだろうか？　彼女が笑いだすと思ったのに。ジャッキーのこめかみにキスをしながら、彼女がこちらの予想どおりの反応をすることなどめったにないのだということをネイサンは思いだしていた。

「どういたしまして」

「愛してるわ、ネイサン」

「どうもそのようだね」口のなかでぼそぼそとネイサンは言った。彼女に愛されていると思うと、元気がみなぎってくる反面、からだが震える思いもした。これから彼女のことをどうしよう？　そう思いながら、ネイサンは腕の力をいっそう強めた。いったい、彼女のこと、そしてふたりのことをどうするつもりなんだ？

上を見あげたジャッキーは、彼の目のなかに心配と疑いの色を見た。ため息をのみこみ、かわりに彼の顔に触れる。時間はあるわ。まだ時間はたくさんある。彼女は自分にそう言い聞かせた。

「アイスクリームが溶けちゃうわ」軽く彼の唇にキスをしながら、ジャッキーは微笑んだ。「防波堤の上に座ってアイスクリームを食べない？　それから、あなたは新しいTシャツに着がえればいいわ」

ネイサンはジャッキーの顎を片手で持ちあげ、ゆっくりともう一度キスをした。ジャスティーンが彼のジャッキーへの気持ちを〝夢中になっている〟と表現したことなどネイサンは知らなかったが、まさにそのとおりだった。

「僕は道のまんなかで服を着がえたりなんかしないよ」

ジャッキーはもう一度にっこりして、彼の手をとった。

時間がきて、ふたりが自転車にもどったとき、ネイサンはさめのTシャツを着ていた。

10

ジャッキーは、ネイサンの車が出ていくのを玄関から見送っていた。通りに出ていく彼の車に手をふる。朝の静けさのなかに、だんだん遠く、小さくなっていく車のエンジンの音だけがしばらく聞こえていた。やがて、そこに立ったままのジャッキーの耳に、近所の子どもたちが学校へと送ってもらう車に乗りこむ音や、ドアをばんと閉める音、いってきますという声や、出かける間際の親からの注意の声などさまざまな音が聞こえてきた。

いい音だわ。ドアの側柱にもたれながら、ジャッキーはそう思っていた。朝が来るたびにくりかえされる日々の生活の音。そこには、堅実さとほっとする安心感があった。

最後のコーヒーをともにし、そしてまた忙しい一日がはじまる前のひととき。夫を見送りながら、妻はこういうふうに感じるのかしら、とジャッキーは考えた。自分の夫がきちんと仕事に向かっているのを見る喜びと、彼が帰ってくるまでに何時間もあることを悔やむ気持ちが微妙にまざりあったおかしな気持ちだ。

でも、私は妻じゃないんだわ。ジャッキーはドアを閉めるのを忘れたまま、ぶらぶらと家のなかに入っていきながら、自分の立場を思いだした。それなのに、妻であるかのような想像をしてもなんの役にもたたない。それに、ネイサンが結婚指輪を用意する気にはさらさらなっていないと知ったことを悔やんでみてもはじまらないこともわかっていた。

そんなことはたいしたことではないはずだわ。

下唇をかんで、ジャッキーは二階にあがっていった。ミセス・グランジはもう台所の掃除をはじめていたし、ジャッキーにも一日じゅうかかってやるだけの仕事がたっぷりあった。ネイサンがもどってくれば、彼はジャッキーを見てほっとするだろうし、ふたりは仲よくおしゃべりを楽しむだろう。

だから、そんなことはたいしたことではないのだ。

彼女は前よりも幸せだったし、彼は前よりもよく笑うようになった。彼を変えたのは自分なのだと思うとうれしかった。今ではジャッキーがネイサンのからだに腕をからませても、彼がからだを硬くすることはまれだった。眠っているあいだに手を伸ばして彼女をぎゅっと抱きしめることを、ネイサンは知っているのだろうか。いや、知らないだろう。それでも、彼の潜在意識は、ふたりが一緒だということを受け入れているのだ。彼がそのことをはっきりと意識して受け入れるのも、時間の問題だ。

ジャッキーは辛抱強くもなった。ネイサンに会うまで、彼女は自分にこんな忍耐力があるとは気づいていなかった。今までそこを刺激されたことがめったになかっただけに、自分の内に新たな長所を見つけだすことができて、ジャッキーはうれしかった。

彼が私を変えたのだ。おそらくネイサンはそのことに気づいていないだろうけれど。そう思いながら、ジャッキーはタイプライターの前に座った。自分でも実際そのことが起こるまでは、気がつかなかった。ばら色の色眼鏡を通さずに、将来を考えることも多くなった。計画を立てる能力を評価するようにもなってきた。といっても、もちろん気の向くままに寄り道することを楽しまなくなったというわけではないが、幸せや楽しさは必ずしも思いつきだけでやってくるものではないということがわかってきたのだ。

ジャッキーは人生を少し違ったふうに見はじめていた。責任を持つことは、必ずしも重荷ではない。責任を持つことは満足感と達成感をもたらしてくれる。たとえペースが落ちてきても、当初の熱心さが衰えかけてきても、なにかをやりぬくということ、それも生きるということなのだ。ネイサンはこのことをジャッキーに教えてくれた。

ジャッキーはそれをネイサンにわかるようにうまく説明できるかどうか、いや、彼女がそう思っていると彼に信じさせることができるかどうかすら自信がなかった。自分は分別をわきまえ、人を頼りにもし、粘り強いところもあるのだということを他人に信じてもらわなければならなかったことなど、一度もない。だが、今度ばかりは違う。

神経がぴりぴりしているのに自分でも驚き、ジャッキーはきちんと積みあげられた原稿の山の横に置いてある封筒を見た。生まれてはじめて彼女は、自分をぎりぎりのところに追いこもうとしているのだ。私に力があることを示すのよ、とジャッキーは自分に言い聞かせ、深く息を吸いこんだ。私に力があることを、まず自分自身に、そしてネイサンに、それから家族に示すのよ、と。

原稿を送ることになっているエージェントが、いくらていねいな対応をしてくれて、一応励ましてくれたからといっても、こちらの条件を受け入れてくれるかどうかについてはなんの保証もなかった。リスクなんか怖くないわ。ジャッキーは自分に言い聞かせた。だが、それでもまだなにかためらいがあって、原稿を封筒に入れることができないでいた。

このリスクはほんとうに怖かったのだ。認めるのはつらかったが、彼女は死ぬほど恐れていた。単に面白い小説を最初から最後まで書き終えるというだけの問題ではなくなっていたのだ。彼女の将来そのものが、ぎりぎりのところに立たされて、危機に瀕《ひん》している。もし、ここで失敗したら、それはだれのせいでもない。自分が悪いのだ。

今までいろいろなことにとり組んできたときにしたように、ほかにもっと面白いものを見つけたからという言いわけはもうできない。成功しようが、失敗しようが、ものを書くことこそが、自分の求めていたことなのだから。そして、どういうわけか、この仕事の成否いかんが、ネイサンとのことがうまくいくかどうかと必然的に結びついているような気がしてならないのだった。

ジャッキーは指を固く組みあわせ、目を閉じて、頭に浮かんだ最初の祈りの言葉を口に出した。もっともこの〝今私はここに眠るために自分を横たえます〟というのはこの場にふさわしくはなかったが。お祈りが終わると、ジャッキーは原稿を封筒につっこんだ。そして、しっかりと胸に抱きかかえて、階段をおりていった。

「ミセス・グランジ、ちょっと出かけてくるわ。すぐにもどってくるから」

ミセス・グランジは磨き物からほとんど目もあげずに、「いってらっしゃい」と言った。

十五分もしないうちに終わってしまった。ジャッキーは、「いってらっしゃい」と言った。まったと悔やみながら、郵便局の前に立ちつくしていた。一章をもう一度よく読みかえすべきだった。頭のなかで明らかな間違いがいくつもいくつも飛び跳ねている。原稿に封がされ、切手がはられ、どこかの郵便局の知らない職員に手渡されてしまった今になって、急に間違いがはっきりしてきたような気がする。

自分が手間を惜しんで開発しなかったすばらしい手法があったような気がする。あの保安官のキャラクターは弱すぎた。保安官にかみたばこをかませればよかったのだ。そう、そうすればよかったのだ。今からもどって、彼の口にかみたばこをつっこもう。そうすれば、ベストセラー間違いなしだ。

ジャッキーはドアのほうに一歩踏みだし、ふと立ちどまり、引きかえした。なにをばかなことをやっているのだろう。ここでしっかりしないと、気分が悪くなってしまいそうだった。膝の力がぬけてしまって縁石に座りこみ、ジャッキーは頭をかかえこんだ。一か八《ばち》か、原稿はもうニューヨークに向かっている。きょうじゅうには着くだろう。以前に、自分が発送できるほど原稿を書いたら、シャンペンを飲んで祝おうと思っていたことを思いだして、びっくりした。とてもお祝いをするような気分にはなれない。それどころか、家まで這《は》って帰って、ベッドにもぐりこみたいくらいだ。

もし、間違っていたとしたら？　自分が完全に間違っているかもしれないと、どうして今まで考えてみもしなかったのだろうか。本のことも、ネイサンとのことも、そして自分自身のことも。ばかなことばかり考えてしまって、出口なしの八方ふさがりという気分になってくる。

ジャッキーはあの小説に心血を注ぎ、そしてそれを他人と言ってもいいような人に送ってしまった。エージェントは彼女のことを人間と考えることなしに、作品について親指をあげたり、さげたりするだけの権利を持っている。それが彼の仕事なのだ。

ジャッキーは自分の心をネイサンに捧《ささ》げてきた。両手でそれを差しだし、受けとることを強く要求したようなものだ。もし彼がそれを返そうとしてきたら、たとえどんなにやさしく扱われたとしても、彼女の心にはひびが入り、傷ついてしまうだろう。

頬に涙が伝った。それを感じとると、ジャッキーはむっとして手首で涙をぐいぐいとこすった。なんという情けない光景だろう。ものごとが自分の思いどおりにはならないといって、いい年をした女が道端に座りこんで泣いているとは。ジャッキーは鼻をすりあげ、立ちあがった。うまくいかないかもしれないが、なんとかするしかないのだ。とにかく、うまくいくようにとことん努力してみよう。ジャッキーは心に誓った。

ミセス・グランジもとっくに帰ってしまい、もう夜になろうというころ、ネイサンはまだ仕事をしているジャッキーを見つけた。姿勢のことなど忘れてタイプライターに前かがみになり、髪は顔におおいかぶさり、裸足《はだし》の足は椅子に巻きつけられている。

ネイサンはそんな彼女の姿にじっと見いった。今まで彼女が仕事をしているところを、ちゃんと見たことはなかった。彼が二階にあがっていくと、ジャッキーはいつもなぜかそれを感じとり、彼が部屋に入ったとたんに椅子をくるりとまわしてふりかえるからだ。

今、ジャッキーの指はタイプライターをたたき、それからとまり、またたたいている。やがて指の動きをとめると、彼女はまるで恍惚《こうこつ》状態にでも入ろうとするかのように、じっと窓の外を見つめた。そしてまた、タイプを打ちはじめる。目の前のタイプ用紙に顔をしかめたり、微笑《ほほえ》みかけたりしたかと思うと、今度はなにやらぶつぶつとひとり言を言っている。

ネイサンは彼女の右側に積んである原稿の山にちらりと目を移した。それが今朝発送したもののコピーだとは彼は知らなかった。ジャッキーは仕事をもう半分以上やってしまっているんだと思うと、ネイサンはなぜかいやな気持ちになった。だが、その気持ちに気づくと、なんて自分勝手なんだと、自分に毒づいた。彼女が今やっていることはとても大事なことなのだ。ジャッキーが話してくれた夜以来、ネイサンにもそのことはよくわかっていた。その仕事があまりはかどらないでほしいとか、それほどうまくいかないでほしいなど思うなんて、よくないことだとはわかっていたが、ネイサンにはこの本の終わりがふたりのあいだの終わりと思えてしかたがなかったのだ。それでもなお、そのふたりの関係の終わりを告げるのは、自分のほうだということがネイサンにはわかっていた。それも、近いうちに。

あれから一カ月。たった一カ月だ。ネイサンはそう思いながら、髪をかきむしった。たった数週間でどうやって彼女は僕の生活をまったく変えてしまうことができたのだろうか？　今までの決意、信条に反して、ネイサンはジャッキーを愛してしまった。そのことがいっそうことをややこしくさせていた。愛しているからこそ、彼女に美しい夢のような約束の言葉を与えたかった。結婚、家庭、終世変わらぬ愛。昼も夜もずっとともに分かちあうと。が、今の彼が与えられるものは、失望だけだったのだ。

デンバー行きが二週間足らずにせまっているのは、かえってよかったかもしれない。いや、よかったのだ。今もその準備で忙しくなりはじめ、オフィスにいる時間や、人と会う時間が長くなり、その分、家にいる時間が短くなってきていた。十二日後には、飛行機に乗って西に飛び、彼女からはなれるのだ。もし自分が彼女を愛していなければ、彼女をここに縛りつけるためだけに、ああいう甘い言葉を使っていたかもしれない。だが、そんな扱いをするには彼女はもったいなさすぎた。だから、おたがい愛してはいても、確約はできないことを、ネイサンははっきりさせるつもりでいた。

それでも、まだ十二日ある。

ネイサンは静かに、ジャッキーのそばに近づいていった。彼女の指がまたとまったとき、ネイサンは両手を彼女の肩に置いた。叫び声をあげて、ジャッキーが椅子から飛びあがる。

「ごめん、ごめん」そう言いながらも、ネイサンは笑ってしまった。「びっくりさせるつもりはなかったんだよ」

「そうでしょうとも。死ぬほど怖かったわ」ジャッキーは胸を撫《な》でおろしながら、椅子に座りなおした。「こんなに早く帰ってきてどうしたの？」

「早くなんかないよ、もう六時を過ぎてるよ」

「えっ？ どうりで背中が八十年も重量上げの選手をやっている人みたいに痛むと思ったわ」

ネイサンはジャッキーの肩をもみはじめた。これも彼が彼女から学んだことのひとつだ。

「どれくらい仕事してたんだい？」

「さあ。覚えてないわ。ええっと……」思いだそうとしながら、ジャッキーは彼の手の下で肩を動かした。「ミセス・グランジが帰ったら、目ざまし時計かなにかをセットしておくつもりだったのよ。でも、バート・ドンリーが町にやってきて、それで私すべてを忘れてしまったみたい」

「バート・ドンリー？」

「サミュエル・カールスンに雇われている、冷血漢よ」

「ああ、そうか、そのバートね」

くすくす笑いながら、ジャッキーは肩ごしにネイサンを見た。「バートがセーラの父親を殺したのよ。カールスンの命令でね。彼とジェイクのあいだにはララミー以来の決着をつけなければならない問題があるの。つまりバートはジェイクの親友を撃ち殺しているのよ。もちろん、後ろから」

「もちろんそうだろうな」

「で、あなたの一日は？」

「きみほどエキサイティングじゃない。撃ちあいもなければ、ふしだらな女性との出会いもないし」

「それはよかったわ。私、たまたま今、すごくふしだらな気分なの」ジャッキーは立ちあがって、腕を彼の首に巻きつけた。「下に行って、夕食になにができるか見てくるわ。それから話をしましょうよ」

「ジャック、毎晩毎晩、僕のために夕食をつくらなくてもいいよ」

「そう決めたじゃない」

ネイサンはキスで彼女の口を封じた。思っていた以上に、長く、激しいものになってしまった。彼が身をはなしたとき、ジャッキーの目は、彼がいとしく思うようになってきていた、とろんとして焦点のぼやけた目になっていた。「その分の責任はもう十分にはたしたって言ってるんだ。そうだろう?」

「でも、私、あなたのために料理するの、全然いやじゃないのよ、ネイサン」

こんな簡単な言葉がどれほどネイサンの胸にこたえるか、ジャッキーにはわかるはずもなかった。

「わかってる。だけど、僕たちふたりのうちで、きみのほうがきつい一日を過ごしたようだから」ジャッキーの髪のにおいが恋しくなって、ネイサンは彼女を抱き寄せ、こめかみのあたりに唇を這わせた。自分の手が彼女のシャツの下からすべりこみ、背中を撫でていることにさえ、ネイサンはほとんど気づいていなかった。「僕が下に行って、なにかありあわせで適当につくってもいいんだけど、口にできるしろものかどうか自信がないんだ。この数週間で、僕の料理はただ下手だというだけじゃなく、とても人様に出せるようなものじゃないということがよくわかったよ」

「ピザの配達を頼んでもいいわね」

「それは名案だ」そう言って、ネイサンは彼女をベッドのほうへ引っぱっていった。「一時間後にしよう」

「ますます名案だわね」そうつぶやきながら、ジャッキーは彼の腕のなかでとろけていった。

それから時が流れ、もう日もとっぷりと暮れ、蝉《せみ》がセレナーデを奏ではじめたころ、ふたりは中庭のテーブルに座っていた。あいだに置いたピザの箱はからになり、グラスのなかのワインも温かくなっている。ふたりは、ゆったりとした心地よい沈黙に浸っていた。愛の交歓と食べ物で、ふたりとも満ち足りた気分だった。今ここにある気楽さは、ふつう数年来の友達のあいだか、あるいは完全に理解しあっている人間同士のあいだにしか見られない種類のものだった。

月が丸く、白く輝いている。両脚をぐっと伸ばし、目をなかば閉じて、このまま何時間でもこうして幸せな気分でいられるわ、私の残りの人生も、ちょうどこんなふうかもしれない、とジャッキーは思った。

「ねえ、ネイサン、私、考えていたんだけど」

「えっ？」ネイサンはぼんやりと彼女の顔を見た。月の光のせいで、ジャッキーの肌と目がいつもとは違って見える。いちばん思い出に残るジャッキーの姿は、全身に生き生きとしたエネルギーをみなぎらせて、日の光のなかにいる彼女だということはわかっていたが、それでもこういう――満月の下で心からリラックスしているジャッキーの思い出も必要となるようなときも来るだろう。

「聞いてるの？」

「いや、見ていたんだ。きみってものすごくかわいいときがあるね」

ジャッキーは恥ずかしそうに微笑み、彼の両手を握った。「もうそれ以上言わないで。でないと、なにも考えられなくなってしまうわ」

「それだけ？」

「ねえ、私の考えを聞きたいの、聞きたくないの？」

「わからないよ。きみはなにを言いだすかわからないから」

「これはいいことだから聞いて。パーティーを開いたらどうかって思うんだけど」

「パーティー？」

「そう。パーティーがなにかは知っているでしょう？　社交的な集まりのことよ。たいていは、音楽や、食べ物、飲み物つきでね。大勢の人が楽しむために集まってくるのよ」

「聞いたことはあるよ」

「じゃあ、第一のハードルは越えたわね」と、ジャッキーはネイサンの手にキスをした。

だが、彼女の頭はもう次の考えに飛んでいることが、ネイサンにはわかっていた。

「あなたはヨーロッパから帰ってきてもう何週間にもなるのに、友達と全然会ってないじゃない。あなたにも友達はいるんでしょ、ネイサン？」

「ひとりやふたりはね」

「さあ、これで第二のハードルも通過」ゆっくりと両脚を伸ばすと、ジャッキーは足の甲でネイサンのふくらはぎをこすった。「ビジネスマンとして、そして、地域の有力者として――あなたがこのあたりの有力者だってことは間違いないわ――人々をもてなすのはほとんど義務と言ってもいいくらいよ」

ネイサンは眉をあげた。「僕は有力者なんかじゃないよ、ジャック」

「あなたはそこのところがわかってないのよ。あなたみたいなスーツの着方をする人は、絶対に有力者なの」自分が彼をいらいらさせていることがわかったので、ジャッキーはにやにやした。「町の名士、それがあなたよ。絶大な力の保守主義。筋金入りの共和党員」

「なんで僕が共和党員だって知ってるの？」

ジャッキーの微笑みが同情的なものに変わった。

「お願いよ、ネイサン。そんなあたり前のこと言わせないでよ。今まで外車を持ったことは？」

「それがこのこととなんの関係があるんだ？」

「いいから気にしないで。あなたが政治的にどういう立場かは、まったく個人的な問題だから」ジャッキーは彼の手を軽くたたいて続けた。「私はね、政治的には不可知論者なの。

そういう言い方があるかどうかよくわからないけど。とにかく、話がそれてしまったわ」

「なにを話すって言うんだい?」

「パーティーの話よ、ネイサン」しゃべりながら、ジャッキーはぐっとからだを乗りだした。もはや血がたぎってきたようだ。「あなた、家じゅうの電話のそばに、あの分厚いアドレス帳を置いているでしょ。だったら、あの手帳のなかからパーティーを盛りあげてくれるようなお祭り好きの人を選びだせるわね」

「お祭り好きの人?」

「そういう人がいないとせっかくのパーティーもだいなしよ。別に大げさなパーティーにしようって言うんじゃないの。二十人ほど人を呼んで、ちょっとしたカナッペなんか出して、楽しく過ごすだけ。あなたの帰国歓迎と歓送会の両方を兼ねたパーティーってことにすればいいわ」

これを聞いて、ネイサンはじっとジャッキーの顔を見た。彼女の目はしっかりと彼のほうを見ていて、言葉よりもずっと真剣だった。そうか、彼女もやはりデンバーのことを考えていたんだ。そのことを直接言いもしなければ、ききもしないなんていかにも彼女らしい。ジャッキーの手を握るネイサンの手に力がこもった。

「いつがいいと思う?」

彼女の微笑みがもどった。彼の出発を話題にし、それが確認されたのだ。もう、このことは心の片隅に押しやってもいい。

「来週はどう？」

「いいよ。パーティーの準備をしてくれるエージェントに電話しよう」

「いいえ、パーティーは自分でするものよ」

「でも忙しいよ」

ジャッキーは首を横にふった。なにか夢中になれるものが必要なのだとは言えなかった。

「心配しないで、ネイサン。私がやり方を知っていることがひとつだけあるとしたら、それはパーティーの開き方なの。あなたは友達に連絡さえしてくれればいいわ、あとは、私がやるから」

「きみがそうしたいって言うのなら、それでもいいけど」

「ぜひやりたいわ。さあ、そうと決まったら、泳がない？」

ネイサンはプールのほうをちらりと見た。プールにも気をそそられるが、こうしてなにもせずにじっと座っていたい気もする。「きみだけ泳いで。水着に着がえることを考えたら、面倒になってきた」

「だれが水着に着がえるの？」そう言うが早いか、ジャッキーは立ちあがり、ショートパンツを脱ぎはじめた。

「ジャック……」

「ネイサン……」彼の口調をまねてジャッキーが言った。「人生の喜びのベストテンに、月夜に裸で泳ぐっていうのは入るわよ」彼女が身につけていた薄いビキニ型のショーツもショートパンツのあとを追った。だぶだぶのTシャツだけが、腿のあたりまでを覆っている。「ここのプールはだれからも見えないじゃない。近所の人がのぞこうとしたら、梯子《はしご》と双眼鏡がいるわ」無頓着《むとんじゃく》にTシャツを顔の上に引きあげて脱ぐと、ジャッキーは裸になった。「そうまでして見たいという人がいるのなら、見せてあげればいいじゃない?」

ネイサンは喉がからからになってきた。ここ何週間か彼女のからだのすみずみを見て、触れて、味わってきた。だが、月の光の下でからだを黄金色に輝かせて、プールサイドに立っているジャッキーを見ていると、彼の心臓ははじめてのデートをするティーンエイジャーのようにどきどきしてくるのだった。

ジャッキーは爪先立ちになると、きれいに弧を描いて水のなかに飛びこんだ。そして、浮きあがってくると笑い声をあげた。「ああ、これがしたくてたまらなかったの」彼女のからだが、月光と水の魔法のせいか、よりみずみずしく暗く光っている。「よく、夜中の一時にこうして泳ぐために家をぬけだしたものだわ。母が知ったら大騒ぎしたと思うけど。いくら、うちの地所に二メートル近くの囲いがしてあり、プールは木々で隠れていたとしてもね。夜中の一時に裸でプールで泳ぐっていうのには、どこかすばらしく退廃的な魅力があるわ。ねえ、あなたは来ないの?」

もうまともに息ができなくなっていたネイサンは、ただ首を横にふるばかりだった。もし水に入ったとしても、とても泳ぐどころではない。それでも結局、ジャッキーに銃をつきつける格好でおどかされ、ネイサンもしぶしぶ服を脱いでプールのなかに入ることになった。

ネイサンは彼女のすぐそばに飛びこんだ。水面から顔を出すと、ジャッキーが水を手でかきながら笑っていた。ネイサンは突進していったが、彼女も素早い。彼の動きを見こして、深く水に潜ると、大きく足をけり、彼の下をすりぬける。顔を水面から出したとき、彼女は二メートルもはなれたところで、勝ち誇ったように微笑んでいた。「残念でした」からかうように言って、彼女はネイサンの次の動きを待ちうけた。

じっと見つめあったまま、ふたりはゆっくりと弧を描くように動いた。もしここで笑ってしまったら、どっぷりと沈みこんでしまう。それも二重の意味で。ジャッキーはぐっと唇をかんだ。ネイサンも彼女に劣らず泳ぎがうまかったが、ジャッキーは逃げおおせる自信があった。こちらから負けるつもりになるまでは。彼が一歩進むと、ジャッキーが退き、向こうがフェイントをかけてくると、こちらもうまくかわす。そんな感じで、数分間、聞こえてくるのは虫の鳴き声と、ぴちゃぴちゃという水音だけだった。そのとき、突然、ネイサンが水から手をつきだして、なにかをつかまえたかのようにてのひらを片方の手で覆った。

「ほら見てごらん」

ジャッキーの笑い声がこだました。とたんに、大きくふたかきすると、ネイサンは彼女をつかまえた。

「ずるい。だましたのね、ネイサン。あなたもやるわね」くすくす笑いながら、ジャッキーはネイサンに抱きついた。そのとき、彼の手がぎゅっとジャッキーの髪をつかんだ。その乱暴なしぐさがあまりにいつものネイサンとかけはなれていたので、ジャッキーは思わず彼の顔を見た。その目を見て、ジャッキーははっと息をのんだ。今度は彼女の口がからからになってきた。「ネイサン」かろうじてそうつぶやいたとたん、彼女の唇に彼の唇がかぶさってきた。

ネイサンは今までにないほど激しく、獰猛《どうもう》に彼女を求めた。まるで、自分のからだがきつく巻きすぎたばねになってしまったような気がする。唇を激しくむさぼっているネイサンの胸にぴったりと寄りそっている彼女の心臓も、狂ったように高鳴っている。彼の歯がジャッキーの唇を軽くかみ、舌が差しこまれる。その舌をじらすように、ジャッキーの口からうめき声がもれた。最初針金のように硬くなっていたジャッキーのからだも、彼にぴったりくっついたまましだいに力がぬけていき、ふたりはずるずるとそのまま水中に沈んでいった。

水に包まれたふたりの動きは、ゆっくりとゆるやかなものになっていった。冷たい夜の水のなかでの官能的なキス。やがて、水面に顔を出してキスが終わったときも、ふたりはぴったりと抱きあったままだった。

　ジャッキーがおとなしく彼に従っていたのもここまでだった。今度は彼女も同じように、激しく彼を求めはじめた。冷たく、水に濡《ぬ》れた乳房を口に含もうと彼女を抱きあげたネイサンに、ジャッキーはしっかりとしがみつき、頭をのけぞらせた。むさぼるように、激しく彼に吸われるたびに、ジャッキーの胃は縮みあがり、脈がどんどん速くなっていった。彼の肩をつかんでいる手に力が入り、爪がくいこむ。やがてジャッキーは再び唇を激しく彼の唇に重ねた。

　手をネイサンのからだに這わせながら、ジャッキーの頭はからだの動きよりもずっとずっと速く回転していた。ふたりのからだは夢の世界のようにゆっくりと動いていたが、ふたりの心と欲求はすごい勢いで加速していた。

　ネイサンの手が伸びてきて、冷たく誘いこむような彼女の肌に触れる。ジャッキーは思わずネイサンの名前を叫んでいた。静かな月夜にその声だけが響き渡り、ネイサンはますます狂ったようになった。ぴったりと彼にしがみついたまま、今度はジャッキーがネイサンをまさぐった。

　背中がプールサイドにあたった。予感に震えながら、ゆっくりとからだを開く。彼が入ってきたとき、彼女の口からうめき声がもれた。手をぐったりと水の中に垂らしたままのジャッキーを、ネイサンがしっかりと支えていた。

月の光がジャッキーの顔を美しく、エキゾチックに照らしていたが、ネイサンはそれを見る余裕もなく、彼女の肩に顔を埋《うず》めたまま波にのった。

11

生まれながらにして他人を楽しませることを知っている人というのがいるが、ジャッキーこそまさにそのひとりだった。ネイサンの出発まであと数日しかないということを心から追い払うためにパーティーを思いついたことは事実だとしても、彼女がパーティーをぜひとも成功させたいと思っていることに変わりはなかった。

ジャッキーは日に八時間、いやときには十時間も、もうひとつのロマンス、もうひとつの破局である小説に没頭した。そして、タイプに向かっていないときに、買い物をし、メニューを考え、招待客リストや備品に不足がないかのチェックをした。

料理はすべてひとりでするとジャッキーは言いはった。しかし、給仕はミセス・グランジに、そしてバーのほうは、未来の教師である彼女の息子に助けてもらうことにした。

パーティーが開かれる日の午後、ネイサンが手伝おうと台所にやってくると、ジャッキーはことのほか喜んだ。彼は腕まくりをし、オードブルづくりを手伝うつもりだった。その決意はありがたかったが、ネイサンは不器用だった。ジャッキーは彼の試作品を上手に底のほうに隠した。

天気のことにも楽天的なジャッキーは、彼女がつりさげた色とりどりの照明の下を客たちがそぞろ歩きできるように、テーブルを外に配置していた。日ごろの行いがいいせいか、その日はずっとすっきりと晴れ、満天の星と微風《そよかぜ》は約束されたようなものだった。

ふだんならジャッキーがパーティーの出来、不出来を気にするようなことはまずなかった。だが、今回は違っていた。どうしても完璧《かんぺき》なものにしたかった。そして、自分がネイサンの腕のなかにいるのと同じように、ネイサンの世界に属しているのだということを自分と彼に証明したかったのだ。

ネイサンが私のもとからはなれて何千キロもの彼方《かなた》へ飛んでいってしまうまで、あと数日しかない。そのことや、彼が私になにを求めているのかをまだ一度も口にしないことなどを、くよくよと考えてもしかたがない。そう思いながらも考えてしまう。ジャッキーはネイサンがいまだに永遠の愛など不可能だと考えているとは絶対に信じたくなかった。

だが、彼は一度も愛しているとは言ってくれていない。そう思うと彼女の胸は痛んだ。それでもネイサンは口にこそ出さないものの、いろいろなところで態度で示してくれていた。日中、ただ声が聞きたかったというだけの理由で、電話をかけてくることもよくあった。花瓶にいけた花がしおれかけるといつも、庭から、あるいは町のスタンドで買って、花を持ってきてくれた。愛しあったあと、激情がおさまり、満足の余韻のなかで、ただ抱きしめるためだけに、彼女を引き寄せたりもした。

ほかのすべての証拠がそろっているときに、女には言葉なんかいらない。

じわじわと胸に広がりそうになる疑いをふり払って、ジャッキーは自分に言い聞かせた。今こそ、自分がほしいものではなくて、自分が今持っているもので満足しなければならないのだ。

パーティーのはじまる一時間前から、ジャッキーは気ままにふるまわせてもらうことにした。これは彼女の母親のやり方にならったものだ。ネイサンには〝あなたがいても邪魔なだけだから〟と断って、彼女が前に使っていた部屋を使うことにした。この言葉は嘘《うそ》ではなかったが、それ以上に、ジャッキーは準備時間に神秘的な色づけをしたかったのだ。準備の一部始終を彼に見られているのではなく、完成した姿で彼の前に現れたかった。

まずはゆっくりとぜいたくなお風呂に入った。静かにラジオが流れるなか、お湯につかりながら、まだ明るい空を見る。青い空に雲がほんの少し。これなら大丈夫だ。

それから、十分間かけて、エキゾチックな仕あがりになるように丹念に化粧をする。鏡のあらゆる角度から点検したが、満足のいく出来ばえだ。そして、昨日買ったばかりのドレスを着る前に、たっぷりと香水入りのクリームを塗る。女冥利《みょうり》につきるひとときだ。

ジャッキーが部屋を出たとき、ネイサンはもう下におりていた。彼がミセス・グランジとなにかしゃべっていて、ミセス・グランジがしゃがれた声で返事をするのが聞こえる。

劇的な効果を期待して、ジャッキーは手すりに手をのせ、ゆっくりと階段をおりていった。思ったとおりの反応だった。ちらりと上を見たネイサンは、言いかけていた言葉を途中でやめてしまった。彼のほうばかり見ていたので、ジャッキーはミセス・グランジの横にいる、背の高い砂色の髪をした青年に気づかなかった。だから、その青年が口をぽかんと開けたのを知るはずもない。

まぶたに微妙なブロンズ色のシャドーを重ねて塗ったジャッキーの目が、ひときわ目立っていた。自然さと女らしいラインとをうまく合わせた髪は、風になびいているようにうまい具合に少し乱れさせてあった。耳には大きすぎるくらいの銀色の星が輝いている。やっと視線を顔からほかの部分に移す余裕の出たネイサンは、また新たなショックを受けた。

彼女が選んだドレスは、目もくらむような明るい白で、胸から足首までをすっぽり包むような形だった。肩と腕はむきだしで、手首から肘のあたりまで十個以上もの銀のブレスレットが光っている。微笑《ほほえ》みながら下までおりると、ジャッキーはくるりとひとまわりして見せた。ドレスの後ろの腿まで開いたスリットがあらわになる。

「どう？」

「びっくりしたよ」

ジャッキーはひとまわりし終えると、今度はネイサンの姿をじっと見た。ネイサンほどみごとにブラックスーツを着こなせる人がいるだろうか。一見保守的に見えながら、どこか危険な感じがするのは、あの広い肩幅と筋肉質のからだのせいなのかしら。ジャッキーは一歩近づいて、彼にキスをした。それから、彼と手をつないだままミセス・グランジのほうを向いた。

「今夜は手伝ってくださって、ほんとうにありがとう。こちらが、息子さんね。チャーリーでしょ」

「はい、奥様」チャーリーは音をたててごくりと唾《つば》をのみ、彼女が差しだした手を握った。彼の手は汗びっしょりだった。どうやら彼の母親は、ジャッキーが女神のような人だとは言ってなかったようだ。

「お目にかかれてうれしいわ、チャーリー。いつもお母さんからお話は聞いているのよ。じゃあ、バーを見てもらいましょうか?」

ミセス・グランジがぐいと肘で息子のわき腹を押した。息子がぽかんとしたまま、母親のほうを見る。「私が連れていきますよ。おいで、チャーリー。ぼやぼやしてないで」

ミセス・グランジが腕をぎゅっとつかんだので、チャーリーは母親についていったが、肩ごしにもう一度ぼうっとしてジャッキーを見た。

「あの坊やは、きみを見たとたん、目が落っこちてしまったみたいだね」

笑いながら、ジャッキーは腕をネイサンの腕にからませた。「かわいいわね」

「僕の目も床に落っこちてしまった」

ヒールのせいでほとんど同じ背丈になったネイサンの顔をジャッキーはじっと見つめた。

「あなたはもっとかわいいわ」

「きみにはほんとうにいつもびっくりさせられるよ、ジャック」

「そうありたいと思っているの」

あいているほうの手で、ネイサンは彼女の肩に触れ、それから指先を腕のほうにすべらせた。「僕が覚えているかぎり、まだはじまりもしないうちから、パーティーが早く終わればいいのにと思ったのは、今回がはじめてだよ」今夜のジャッキーの香りはいつもとは違って、どこかセクシーでこちらを挑発するようなところがあった。「いったい二階でなにをやってたんだい？」

「企業秘密よ」ジャッキーはからだをわずかに動かして、彼と唇を重ねた。「でも、これも私なのよ、ネイサン」

「わかってるよ」ジャッキーをそこに引きとめておこうとでもするように、ネイサンは腕を彼女のウエストにまわした。「だから、早くパーティーが終わらないかなと思っているんだよ」

「ねえ」そう言いながら、ジャッキーは彼の肩に手をのせた。「パーティーが終わったら、私たちだけのパーティーをしましょうよ」

「期待してるよ」ネイサンが唇を彼女の唇に重ねようとしたとき、玄関のベルが鳴った。

「第一ラウンドだわ」そう言って、ジャッキーは彼の手を握ったまま、玄関に出ていった。

一時間もすると、家は人であふれかえった。ほとんどの人は、ネイサンのそばにいる女性に興味津々という感じだったが、ジャッキーは別に気にもしなかった。こちらも相手に対して好奇心があった。

ネイサンの知りあいは、こちこちの堅苦しい人から、いいかげんな調子のよさそうな人まで、実にバラエティーに富んでいることを、ジャッキーは発見した。そんななかに、二年前からネイサンの事務所で働いている建築家のコーディ・ジョンソンもいた。最初の微笑みと挨拶《あいさつ》を交わしただけで、ジャッキーはこの人とは気が合う、とぴんときた。コーディはすり減ったブーツと色褪《あ》せたジーンズを愛用していたが、一応譲歩したつもりでスーツのジャケットをはおっていた。自分の兄が同じスタイルとブランドの愛好者だったので、ジャッキーには彼が身につけているものが、実は目が飛びでるほど高価なことがわかった。

コーディは手をつきだしてから、ジャッキーと同じような茶色の目で彼女を上から下までじろじろ眺め、それからウインクした。

「一度お目にかかりたいと思っていましたよ」

「ボスの仕事以外での関心をチェックするために？」

「ええ、まあそんなところです」彼はまだジャッキーの手を握っていたが、変な感じはまったくしなかった。コーディは目で見るのと同じように、手で触れて印象を得ているんだわ。ジャッキーはそう感じた。

「ネイサンについて絶対言えることは、趣味がいいということです。いつも思っていたんですが、ネイサンが二度以上視線を走らせる女性は、必ずすごくいい女性なんですよ」

「お世辞のようにも、認めてもらったようにも聞こえるわね」

「そう思ってもらってけっこうです」彼はふだん、そのどちらもあまり口にしない男だった。「いや、うれしいですよ。ネイサンは仲のいい友達でもありますからね。親友と言ってもいいかな。で、彼が出かけているあいだ、ずっと待っているつもりですか？」

ジャッキーは眉をあげた。単刀直入な質問は好きだけれど、それにはっきりと答える義務はないと思った。「ずいぶんずばりときいてくるのね？」

「時間の浪費が嫌いなのでね」

このコーディ・ジョンソンという男はなかなかいいわ。ジャッキーはそう思った。まだ手を彼に握られたまま、ジャッキーはあたりを見まわし、ネイサンの姿を捜しあてた。

「待っているつもりでいるけど」

コーディの口もとがほころんだ。この傲慢《ごうまん》なにやっとした笑顔に、女性ならだれでも魅力を感じずにはいられないだろう。女性には彼がなにを考えているのかわからないもの、とジャッキーは思った。「それでは、なにか飲み物でも」

彼と腕を組んで、ジャッキーはバーのほうに歩きだした。「ジャスティーン・チェスターフィールドに会ったことは？」

コーディの笑い声が朗々と響き渡った。この笑い声も、額に垂れさがっている日に焼けた髪の毛と同じくらいすてきだった。「ガラスみたいにはっきりしている人だなあ。だれかにそう言われたことあるでしょう？」

「時間を浪費するのが嫌いなの」

「それはそのとおりだ」コーディはバーのところで立ちどまり、チャーリーがジャッキーに見とれているのを、面白そうに眺めていた。「彼女はすてきな女性だけど、僕の趣味から言うと少しリッチすぎるな」

「じゃあ、どういうのが好みなの？」

「そのときによるな。あなたに妹さんはいるのかな？」

笑い声をあげながら、ジャッキーはバーのほうに向きなおり、シャンペンを注文した。

ネイサンがわずかに顔をしかめながら、じっとこちらを見ていることには、ふたりとも気づいていなかった。

ネイサンは嫉妬《しっと》深い男ではなかった。今まで、嫉妬なんてもっともばかげた非生産的な感情だと思ってきた。嫉妬は恐ろしい感情であるというだけでなく、とりつかれた人間の顔つきまでおろかにし、ばかみたいな行動にかりたててしまう。

ネイサンはおろかでも、嫉妬深くもなかったが、ジャッキーとコーディを見ていると、その両方に毒されているのではという気になってきた。それは、楽しむことも無視することもできない、いやな気持ちだった。

コーディこそずっとジャッキーの好きそうなタイプだ。ネイサンは自分が今話しているきんきん声のエンジニアになんとか微笑んでみせながら、そう思っていた。コーディならあの拳銃《けんじゅう》使いの役にぴったりだ。ジャッキーが言う、石ころのなかのダイヤモンド、ジェイク・レッドマンに。手足がひょろ長く、きちんと切りそろえたほうがいいのにと思ってしまう日にさらされた髪をしたコーディ。それとあの音を引きのばしたようなゆっくりとした話し方。ネイサンは彼のそんな話し方を単に心地いいと思っていたが、今になってみれば、女性はあの話し方にぞくぞくするのではないか、という気になってきた。そんな女性もいるにきまっている。

それに加えてコーディは、わざと気楽にかまえて慣習にはまったく興味を示さず、そのくせ絶え間なく目を光らせ、いいものを見分けることにかけては寸分の狂いもない。車を飛ばすことや、夜更かしして夜の街で遊ぶのも好き。それがコーディだった。

にやっと笑っているコーディの顔を見あげて笑い声をたてているジャッキーを見ていると、ネイサンはふと、あのふたりを絞め殺したらすっとするだろうか、などと考えてしまった。

なにをばかなことを。目の前でまだ話しているエンジニアに適当な言いわけをして話を打ちきると、ネイサンはジャッキーのほうに歩いていった。

ジャッキーはまた笑っていた。顔が輝き、シャンペングラスの縁から上目づかいに見あげた目もきらきらと輝いている。「ネイサン、あなたのアシスタントは、母親たちが娘にあの男には気をつけなさいと忠告するようなタイプの男性だって、あなた、教えてくれなかったわね」そう言いながらも、彼女は腕を気軽にネイサンの腕に巻きつけた。

「今の言葉、喜んでお世辞と受けとらせてもらうよ」コーディはウォッカをストレートで飲んでいたが、そのグラスを乾杯というようにジャッキーの前にあげてみせた。「すてきなパーティーですね、ボス。今もあなたの趣味のよさをほめていたところなんですよ」

「それはどうも。外には料理がいっぱいあるんだぞ。きみの食欲を知っている者としては、まだ手もつけていないなんて驚きだな」

「今行くところですよ」コーディはジャッキーにウインクを送ると、ぶらぶらとその場をはなれていった。

「まあ、今の態度は、あっちに行けと言わんばかりじゃないの」

「やつがあまりにもきみの時間をとりすぎているように思えたからさ」

頭をぐるりとまわして、眉をあげてから、ジャッキーはまた顔をぱっと輝かせて微笑んだ。「それはどうもありがとう。ご親切なのね」そう言って、軽く彼の唇にキスをした。

「独占欲の強い男性はいやだっていう女性もいるけど、私個人としては、そういう男性は大好き。ある程度まではね」

「僕はただ――」

「いいから」ジャッキーはもう一度彼にキスをし、それから腕をとった。「さて、お客様たちに挨拶してまわる？　それとも、飢え死にしないうちにまずは食べ物のほうに行く？」

ネイサンは彼女の手を自分の唇に持っていった。

「まずは、食べ物だ。からっぽの胃袋ではしゃぎまわるのはつらいからね」

その夜のパーティーは大成功だった。続く数日間、お礼のカードや電話が続々と寄せられ、お返しにと招待されたりもした。そういう反応は、ジャッキーにとってもうれしいもののはずだった。ネイサンの友人や、つきあっている人々に会い、その人々の好評を博したのだから。だが、大事なのはネイサンの友人でもつきあっている人々でもない。肝心なのはネイサン自身なのだ。そのネイサンは今デンバーへ行こうとしている。

もうあとで考えようなどと言っている場合ではなかった。ネイサンのブリーフケースには飛行機のチケットが入っているのだ。ジャッキーもデンバーには一度行ったことがあった。マイル・ハイ・スタジアムの五十ヤードライン付近に座って、声援を送ったときに。

当時はそれなりに楽しんだものだったが、今ふりかえると、いやだった。街としても、シンボルとしても。

もう何時間かで彼は行ってしまうというのに、ふたりはなんの取り決めもしていなかった。一度か二度、ネイサンのほうから話しかけようとしたのだが、ジャッキーはそれをかわしてしまった。ひきょうな手だったが、もしネイサンが自分の人生から出ていってくれと言うつもりなのなら、ジャッキーはそれを少しでも引き延ばしたかったのだ。

時間切れになった今、ジャッキーはある決心をしていた。彼に、少なくとも理由を説明してもらわなければ。もし、もうこれ以上私が必要ないというのなら、理由があるはずだ。

ジャッキーは寝室のドアの前で肩をそびやかして立っていたが、やがて意を決したようになかに入っていった。「コーヒーを持ってきたわ」

荷づくりをしていたネイサンが顔をあげた。「ありがとう」今まで何度かみじめだと思ったことがあったが、あんなものはみじめでもなんでもなかったのだ、と彼は思っていた。

「手伝いましょうか?」ジャッキーは自分のカップをとって、口をつけた。人生を変えるような真剣な話しあいをするときには、コーヒーを飲むとかなにか気軽なことをしながらのほうがやりやすい。

「いや、もうほとんど終わったから」

うなずきながら、ジャッキーはベッドの縁に腰をかけた。ほんとうは歩きまわりたかったが、そんなことをすれば、カップを壁にたたきつけて粉々にしてしまいそうだった。実際、どれだけそうしたかったことか。「どれくらい留守にしているのか、言ってくれないのね」

「自分でもはっきりわからないんだ」ネイサンは今まで荷づくりをいやだと思ったことは一度もなかった。ちょっと面倒な雑事というくらいでしかなかった。しかし、今はいやでしようがない。「三週間でいいかもしれないし、四週間かかるかもしれない。それも、第一回目の訪問が、だ。もし大きな問題が生じなかったとしても、これから何度も要所要所でチェックに行かなければならないし」

ジャッキーがまたコーヒーをすする。苦い味だった。「あなたがもどってきたとき、私はここにいたほうがいいの？」

要求でもお願いでもなく、質問という形で切りだしてくるなんて、いかにもジャッキーらしいやり方だった。ネイサンは、〝そう。お願いだから、そうしてくれ〟と言いたかったが、口から出た言葉は、「それはきみしだいだ」というものだった。

「いいえ、そうじゃないわ。私がどういう気持ちでいるか、なにを望んでいるか、あなただって知っているじゃないの。私は自分の気持ちをずっとオープンにしてきたんだから」こんなことを言ったら、プライドにかかわるだろうか。そう思いながら、ジャッキーはしばらく黙っていた。別にそんな気にもなってこない。「さあ、今度はあなたの気持ち、あなたが望んでいるものを聞かせてもらう番だわ」

ジャッキーは実に厳しい目をしていた。唇にも微笑みのかけらさえない。ネイサンは、ほかの女性が宝石を身につけるように、ジャッキーが身につけていた、あの生き生きとした明るい表情を、すでに恋しく思っていた。「きみは僕にはとても大切な人だ、ジャック」

〝愛〟という言葉が、心にも頭にもあったが、どうしてもそれを口にすることはできなかった。「ほかのだれよりも」

こんないいかげんな言葉でも受け入れて満足してしまいそうになって、そこまでやるせない思いでいるのか、そこまで愛に飢えているのかと、ジャッキーは内心驚いてしまった。だが、表面上は、眉をぴくりとあげただけで、じっと彼を見つめつづけた。

「で？」

ネイサンは洗濯したてのシャツをもうひとつつめこんだ。彼はふさわしい言葉を選び、ふさわしいことを言いたかった。ここ丸一日というもの、ジャッキーになんと言おうか、どうしようか、と何度も何度も考えていた。空想のなかでは、彼女を一緒に空港まで引っぱっていき、一緒に飛びたつことも考えた。貝殻細工のペリカンに乗って。

だが、現実となると話は別だ。ほかのなにも与えられないとしても、公平さだけは与えることができる。「きみにここにとどまって、僕を待ち、日々きみの生活を送ってくれとは言えない。きみにそんなことはしてもらいたくないんだ、ジャック」

ネイサンは正直なあまり、彼女を傷つけてしまった。彼は嘘は言わなかった。嘘でもいいから聞きたいとジャッキーが思っていたかもしれない慰めの言葉も口にしなかった。

「少し冷静になって、あなた自身はなにをほしいと思っているのか聞かせてもらいたいわ。それは、あなたが以前に持っていたものなの、ネイサン？　平和と静けさと、面倒ごとのないこと？」

そのとおりではないか？　だが、彼女がそう言うと、そんな人生はもはや落ちついてもなく、快適でもなく、ただどんよりとよどんだ退屈なものに思えてくる。だが、それでもそういう人生だけがネイサンが確信できるものだったのだ。「僕にはきみが求めているものを与えることはできないんだ」なんとか冷静さを保とうとしながら、ネイサンは言った。「きみに結婚や、家庭や、終世変わらぬ愛などを与えることはできないんだ。だって、僕はそういうことを信じていないのだから。今きみを傷つけるほうが、残りの人生でずっときみを傷つけることになるよりはましだと思う」

ジャッキーはしばらくのあいだ、なにも言わなかった。口を開けばいろんなことをしゃべりすぎてしまうような気がしたのだ。彼女の心はすっかりネイサンに同情していた。彼が最後に言った言葉には、ジャッキーが思っていた以上のみじめさがこめられていた。彼の気持ちを思うと胸が痛んだが、もう少し踏みこんできいてみよう、と彼女は思った。

「そんなにひどかったの？　そんなに不幸な少年時代だったの？」

自分のいちばん痛いところを指摘されて、ネイサンは怒鳴り散らしたい気持ちになった。

「そんなことは関係ない」

「あら、あるわ。あなたにもそれはわかっているくせに」ジャッキーは立ちあがった。少し動かなければ、緊張が高まりすぎて、からだが粉々に砕け散ってしまいそうだった。

「ネイサン、あなたには私に説明する義務がある、とは言わないわ。よく人は〝彼は私に借り〟があるとか〝私は彼に借りがある〟っていうような言い方をするけれど、私は人がなにかをだれかのためにするときとか、秘密を話すときには、自発的にするべきだ、そうでなければそんなことしないほうがいい、そう思っているの。だから、私たちのあいだには貸し借りはいっさいないわ」ジャッキーは少し冷静になって、再び腰をおろした。「でも、あなたは私にその理由を聞かせてくれてもいいとは思っているのよ」

ネイサンはポケットからたばこを一本ぬきとり、火をつけると、ベッドの反対側に腰をおろした。

「そう。きみの言うとおりだ。きみには理由をきくだけの権利がある」ネイサンは、言葉をうまく整理しようと、ずっと黙っていた。だが、うまく整理などできるわけがなかった。結局、彼は話しはじめることにした。

「僕の母は裕福な由緒ある家の出だった。いい結婚をするようにまわりから期待されていたんだ。身分にふさわしい結婚というやつをね。そういうことを念頭において、母は育てられ、教育を受けたんだ」

ジャッキーはわずかに顔をしかめたが、とにかく聞いてみることにした。「ひと世代前には、別に珍しいことでもなかったわ」

「そうだ。それに母の家でも、それは基本的なルールというくらいのものでしかなかった。僕の父は、堅実さよりも野心が勝った男だったけれど、前途有望だということで評判だったんだ。僕が聞かされたところによると、ダイナミックでカリスマ的なところがあったらしい。母が父と恋におちたとき、母の家族は大歓迎こそしなかったが、別に反対もしなかった。母との結婚で、父はまさに望んでいたものを手に入れたんだ。つまり、家名と一族の後見、それに適当に自分を楽しませ、跡継ぎを生んでくれる育ちのいい妻をね」

ジャッキーはからっぽになった自分のカップを見た。「なるほどね」そうつぶやきながら、彼女はネイサンのことが少しわかりかけたような気がした。

「父は母のことを愛してはいなかった。結婚したのはビジネス上の判断だったんだ」

ネイサンは再び言葉を切り、天井に立ちのぼっていくたばこの煙をじっと見つめていた。これが話の核心だったのだろうか。両親や、自分をだめにしたのはこのことだったのだろうか？　そう自問しながら、彼は落ちつかなげに肩を動かした。古い、昔の話だった。

「もちろん父としても、母にある程度の愛情は持っていたと思う。だけど、自分からそれをたっぷり示すということはできない男だったんだ。仕事でしょっちゅう家をあけていたし、財を成そう、個人としても、仕事の上でもなんとか成功しようと、そのことに夢中だったんだ。僕が生まれたとき、父は母にエメラルドのネックレスを贈った。息子を生んだことへのごほうびとしてね」

ネイサンの口調の厳しさにびっくりして、ジャッキーはなにか言いかけたが、考えなおして口を閉じた。ここはやはり聞くことに徹したほうがいい。

「母は父を崇拝していた。尋常じゃないくらいの熱の入れようだった。子どものころの僕には、看護婦と、乳母と、ボディーガードがつけられていた。もし僕になにか起こればと考えると、怖くてたまらなかったんだ。僕のことを息子としてそれほど心配していたというのではなく、父の息子だからなんだ。僕は父のシンボルだったわけだ」

「まあ、ネイサン……」そう言いかけたジャッキーにネイサンは首をふって見せた。

「母が実際にそういうふうなことを言ったんだ。僕が五歳か六歳のころに。母の父への気持ちが変わると、母はそういうことをはっきり僕に言った。僕は子どものころ、ふたりの姿を見ることはめったになかった。母は対外的に完璧《かんぺき》な妻であろうと決心していたし、父は仕事で年中飛びまわっていた。父が考えていた父親としての役目とは、学期ごとに僕の学校の成績をチェックすることと、責任とはなにか、家族の名誉とはなにかを言い聞かせることだけだったんだ。だが、困ったことに、父自身には節操もなにもなかったんだよ」

ゆっくりと、わざわざじらすように、ネイサンはたばこをもみ消した。

「ほかにつきあっている女性がいたんだ。母はそのことを知っていたが無視した。そういう女性たちとは本気じゃないんだから、と父は僕に言ったことがある。家をはなれている男にはそういう慰めが必要なんだってね」

「そんなことをあなたに?」ショックを受けて、ジャッキーは聞いた。

「僕が十六のときにね。父としては男同士の話のつもりで言ったんだと思う。母の父への気持ちはそのころにはもう冷えきっていた。僕たち三人は、同じ家のなかで、まるで見ず知らずの他人みたいにして暮らしていたんだ」

「おじいさんや、おばあさんのところに行ったりはできなかったの?」

「祖母はもう亡くなっていた。生きていればわかってくれたと思うけどね。でもどうかな。祖父はこの結婚はうまくいっていると思っていた。母は愚痴めいたことはなにも言わなかったし、父は実力相応の暮らしをしていたからね。もし僕が祖父を訪ねて、もう親たちとは同じ家で暮らせないって言ったら、びっくり仰天しただろうな。それに、僕には大半を自分ひとりで過ごせる場所があったんだ」

プライバシーってことね、とジャッキーは思った。彼があれほどプライバシーを必要としたわけが、今やっとわかった。だが、そんな不健康な環境で自分だけの時間を持つなんて、幼い少年にどんな影響を及ぼすのだろうか?「つらかったでしょうね」

ジャッキーは自分の家族のことを思いおこした。裕福で、家柄もいい家だったが、彼女の家がジャッキーが想像するネイサンの子ども時代の家のように静かだったためしは一度もない。冷たいところはどこにもなかった。彼女の家には、大笑いと、けんかの声が絶えず聞こえていた。拳《こぶし》をふりあげて、激しく相手を責めても、あとになればそれをみんなで笑いとばす。そういう家庭だった。

「ネイサン」ゆっくりとジャッキーは口を開いた。「ご両親に、あなたがどんな気持ちでいるか、言ったことはあるの？」

「一度だけね。両親は、なんて恩知らずな息子かってびっくりしていたよ。そんなことを思っていたなんて、礼儀知らずにもほどがあるってね。そんな反応をされれば、動く気配もない壁に向かって頭をぶつけるのはやめて、ほかの道を探そうと思うようになるものだよ」

「ほかの道って？」

「勉強とか、自分個人の野心とか。彼らが僕の両親であることには変わりないけれど、僕のほうでなにをいちばん大事にするかというのを変えたんだ。僕が高校を卒業したとき、父は家にいなかった。その夏、僕はヨーロッパに行ったから、大学に入るまで父には会わなかったんだ。父は僕が建築の勉強をしていると知って、僕の足もとにある絨毯《じゅうたん》を引っぺがそうとしてやってきた。父は僕に自分の跡を継いでほしかったんだ。そう期待していた。そう僕に要求していた。僕は十八になるまで、僕と母親がつくりあげた父のイメージにおびえきって、父の言いなりになって生きてきた。だが、そのときなにかが起こったんだ。建築家になりたいと決めたとき、その考えが、そうなりたいという夢のほうが、父よりも大きなものになっていったんだ」

「成長したのね」ジャッキーはつぶやくように言った。

「父に立ち向かうことができるほどにはね。父は学費を打ちきると脅してきた。僕には父や家業に対する責任があると言うんだ。父にとっての家族というのは、その程度のものなんだ。ビジネスさ。母もまったく同じ意見だった。父を愛することをやめても、父のことを気にかけることはやめられなかったんだ。母にとっては、僕はあの父親の息子ってわけだ」

「そんなひどい。あなたのお母様は――」

「僕なんかいらなかったってはっきり言われたよ」ネイサンはもう一本たばこを引っぱりだしたが、まんなかで折ってしまった。「もし、僕が生まれてなかったら、自分たちの結婚はうまくいっていたかもしれないと思っているって、母は僕に言ったことがあるんだ。子どもに対する責任がなかったら、父と一緒に旅行してまわれたってね」

ジャッキーの顔が蒼白《そうはく》になっていった。そんな言葉は信じたくない。自分の子どもにそれほど残酷になれる人がいるなんて、信じたくなかった。「あなたのご両親はあなたにふさわしくないわ」こみあげてくる涙をのみこみながら、ジャッキーは立ちあがって彼のそばへ行った。

「問題はそういうことじゃないんだ」今彼女に腕を巻きつけられたら自分はぼろぼろになってしまうことがわかっていたので、ネイサンは制止するように手をあげた。このことはだれにも話したことはなかったし、自分で順を追って考えるのもいやだった。「僕は父と対決したあの日、ある決心をしたんだ。僕には家族はいない。今までもいなかったし、今後も家族なんかいらない、ってね。祖母が遺産を残しておいてくれたので、そのお金で大学を卒業した。父からはまったくもらっていない。あのときから、僕は自分のことは自分だけでやることにしているんだ。それは今も変わっていない」

ジャッキーは両腕を下におろした。彼は私に慰めさせてくれない。そう思うと心が痛んだが、ネイサンが今必要としているのは慰めなんかではないのだ、ということもわかっていた。

「あなたは今でもご両親に人生を支配されているわ」ジャッキーの声はもうやさしくはなく、怒っていた。彼に、いや、彼のために怒っていたのだ。「彼らの結婚は確かに醜いわ。でも、そうだからって、結婚そのものが醜いって言うの？　そんなのばかげているわ」

「結婚そのものが、なんて言ってないよ。僕にとっての結婚がそうだと言ってるんだ」突然ネイサンは腹がたってきた。古いけれど、生々しい傷口を開けてみせたというのに、それだけではまだ足りないというのか。「人は親から、茶色の目や顎の形だけを受け継ぐとでもきみは思っているのか？　ばかなまねはやめてくれ、ジャック。親は子どもにもっとずっとたくさんのものを与えてしまうんだよ。僕の父は自分勝手な人間だった。僕も自分勝手な人間だ。だが、少なくとも僕には、自分やきみや僕たちの子どもにあんなみじめな思いだけはさせられないというだけの良識はある」

「良識ですって？」世代を越えて短気で有名なあのマクナマラ気質が頭をもたげてきた。「あなたはそんなところに立って、そんなたわごとをまくしたてておきながら、それを良識だっていうの？　あなたにはティースプーン一杯ほどの分別もないわよ。お願いよ、ネイサン、もし、あなたのお父さんが斧《おの》で人を殺した殺人犯だったとしたら、あなたも斧を手に、たたき殺す人々を探してうろつきまわることになるっていうの？　私の父は生がきが大好きだけど、私は見るのもいやなの。だとすると、私は養子だということになるの？」

「きみはおかしくなっているよ」

「わたしがおかしいですって？　わたしが？」吐き捨てるように言うと、いちばん手近にあった十九世紀のベネチアングラスのボウルをつかみ、床にたたきつけた。「私の言うことをおかしいって言うのなら、あなたにはおかしいってことがどういうことなのかわかっていないのよ。じゃあ教えてあげるわ。おかしいっていうのは、人を愛して、相手にも愛させておきながら、それについて確かなことをすることをすべて拒否することを言うのよ。

ひょっとしたら、ほんとうにひょっとしたらだけど、完全にうまくはいかないかもしれないというだけの理由でね」

「僕はなにも完全がどうとか、そういうことを言っているんじゃない。おい、よせ、ジャック、その花瓶は――」

彼がそう言ったときには、もう床の上にはフランス製の陶器の破片の山ができていた。

「もちろんあなたは完全性《パーフェクト》を言っているのよ。パーフェクトはあなたのミドルネームだわ。ネイサン・パーフェクト・パウエル。何年も前から計画を立てて、ようやく将来に踏みこむ。未処理事項や、でこぼこがないかどうか確認してからね」

「もういい」別のなにかをつかもうとしたジャッキーを、ネイサンはわきにどかせた。

「それだけわかっているのなら、僕がこの件、つまり僕たちのことでこういう態度をとるのがあたり前だってこともわかるだろう。僕は確実なやり方が好きなんだ。計画を立てて、ものごとをはじめたときと同じように注意してやり終えることがね。ところがきみは、これはきみが自分で認めたことだけど、なにひとつやり終えたことがないじゃないか」

ジャッキーは顎をぐいとあげた。目は乾いている。あとで涙が出てくるのはわかっていた。それも洪水のように。「いつその言葉を私に浴びせかけるのかと思っていたわ。確かにひとつのことではあなたは正しいわ。世のなかには二種類の人間がいるのよ。注意深い人間と、不注意な人間と。私は不注意のほうだけど、それでいいと思っているの。でも、注意深いあなたに私が劣るとは思っていないわ」

ネイサンは静かに息を吐いた。彼は仕事上のこと以外、言い争いには慣れていなかった。

「別に侮辱して言ったんじゃない」

「違う？ そう言うのなら、そうかもしれない。でも、結局は同じことよ。私たちは全然似ていないわ。ふたりがおたがいに成長し、譲りあうことはできると思うけど、それでもふたりが全然違うことは確かだわ。でも、そうだからといって、私があなたを愛していて、人生を一緒に送りたいと思っていることに変わりはないのよ」今度はジャッキーはネイサンの胸もとをつかんだ。「あなたはあなたのお父様とは違うのよ、ネイサン。それに私はもちろんあなたのお母様とは違う。あなたのことを、私たちのことを、あなたの両親のせいにしないで」

ネイサンは両手で彼女の手を包みこんだ。「たぶん、もしきみのことをこれほど大切に思ってなかったら、あえてやってみるのも簡単だったかもしれない。わかった、僕たちはおたがいに必要としているんだ。じゃあ、とにかくやってみよう、ってね。だが、今みたいに、もうあとがない状態でそんな関係に飛びこむにしては、僕はきみのことを大事に思いすぎているんだ」

「大事に思いすぎているですって？」今にも涙があふれてきそうになるのを、ジャッキーはぐっとこらえた。「なんて人なの、ネイサン。この期におよんでも、私を愛していると言うだけの勇気もないなんて」

そう言うと、ジャッキーはきびすを返して部屋を飛びだした。玄関のドアが閉まる音だけがあたりにこだました。

12

「雨で石工の工事が二日遅れている。これじゃあ、ダブルシフトを組まなくちゃいけないな」

ネイサンはビル用地に立ち、やっと顔を出した太陽にまぶしそうに目を細めながら言った。デンバーは寒かった。まだ春は訪れていない。わずかに春を告げるように咲いていた雑草も、無残に踏みにじられていた。だが、来年の春には、このあたりは芝生に覆われているはずだ。むきだしの土地とビルの鉄骨を見ながら、ネイサンにはその姿が見えるようだった。

「今までのひどい天気のことを考えると、三週間でここまでできたのはなかなかのものだ」

カウボーイハットで日差しを避け、ブーツを履いた足を大きく開いて立っているコーディは、鉄骨をじっと見ていた。ネイサンとは違い、彼はそこに完成された姿を見てはいなかった。まだ可能性のある今の段階のほうが好きだったのだ。「うん、なかなかいい。それにひきかえ、あなたのほうは、ひどい顔だな」

「きみがそばにいてくれて、いつもありがたいと思っているよ、コーディ」クリップボードをにらみながら、ネイサンはすんだ仕事とまだ計画中のものとを丹念に分析しはじめた。スケジュールを調整して、期日に間にあわせるようにしなければならない。

「あなたはすべてをコントロールしているように見える。いつものことだけど」

「ああ」ネイサンはたばこをぬきとり、手で風をよけてライターで火をつけた。

ライターの炎に照らされたせいで、ネイサンの目の下のくまと、口もとに刻みこまれたしわがコーディにもはっきりと見えた。こんなに強い男が打ち負かされるものはひとつしかない。女だ、コーディは思った。

ネイサンはライターをポケットにもどした。「ビルの監督官がきょう見まわりにくるはずなんだ」

「ごくろうさまですね」コーディはネイサンのたばこの箱から勝手に一本引きぬいた。

「あなたはたばこをやめたのかと思っていたけど」

「まあ、そのうちにね」工事現場のだれかが、ポータブルラジオのボリュームをいっぱいにあげた。ネイサンはジャッキーが台所のスピーカーから大きな音で音楽を流していたのを思いだした。「向こうでなにか問題でも？」

「仕事上で？　いや。僕も今ちょうど同じことをあなたにきこうとしていたところです。僕は向こうにいなかったから。忘れてたんですか？　シドニーでの仕事の最新情報を仕入れに、出張してたじゃないですか」

「そういえば、六週間ほどでシドニーも着工だな」ネイサンはたばこをもうひと吸いしてから、フィルターをちぎり捨てた。

コーディはこの際、単刀直入にきいてみたほうがいいと判断した。「ジャックとなにかあったんですか？」

「なぜ？」

「だって、顔つきから判断すると、こっちに来て以来ろくに眠っていないみたいだから」

コーディはポケットにブック型のマッチがあるのに気づいた。前に行ったクラブのマッチだった。それでたばこに火をつける。「話してみませんか？」

「話すほどのことはなにもないんだ」

コーディはぴくりと眉をあげ、たばこを胸いっぱいに吸いんだ。「あなたがそう言うのなら、ボス」

ネイサンは小声で毒づき、指で眉のあたりをつまんだ。「すまない」

「いいんですよ」コーディはたばこを吸い、仕事中の作業員の姿を見ながら、しばらくそこに立っていた。「コーヒーと卵をたっぷり食べたいな」彼はそう言って、たばこの吸いがらを近くにあったがれきのすき間につっこんだ。「必要経費で落とせるから、僕がごちそうしますよ」

「きみはいいやつだな、コーディ」そう言ってネイサンも小型トラックのほうにもどっていった。

十分後、ふたりは、メニューが黒板に手書きされ、ショッキングピンクのユニホームにホルスターをつりさげたウエイトレスがいる、あまり清潔とはいえない小さな大衆食堂に座っていた。カウンター席では、はげ頭の男がコーヒーを前にうつらうつらしており、ボックス席のテーブルにはサドルの形をした灰皿が置かれていた。店内には玉ねぎのにおいが漂っている。ジャッキーがいたら喜びそうな店だ、とネイサンは思った。

頼みもしないのに、ポット入りのコーヒーがどんとテーブルに置かれた。コーディは自分でコーヒーをつぎ、立ちのぼる湯気を見つめた。「しゃれたフランス料理のレストランもいいが、こういう大衆食堂のコーヒーみたいに上手にコーヒーをいれられる人っていうのはそういないですよ」

ジャッキーならいれられる、とネイサンは思い、コーヒーをずっと飲む気になれなかったことに気づいた。

コーディは注文をとりにきた白っぽいブロンドのウエイトレスに笑いかけた。「ブルー・プレート・スペシャルってやつにしてくれ。ダブルで」

「ブルー・プレートをおふたつですね」そう言いながら、書きとっている。

「いや、ひとつの皿に二人前のっけてほしいんだ」とコーディが言う。

ウエイトレスはびっくりしたように彼を見た。「それだと、すごい大盛りになりますけど」

「そうしてほしいんだよ。この人にも同じものをね」

ウエイトレスが行ってしまってから、ネイサンはきいた。

「ところで、ブルー・プレートってなんだい？」

「卵二個に、ベーコンひと切れ、自家製フライに、ホットビスケット、それにポット入りのコーヒー」自分のたばこをぬきとりながら、コーディはネイサンの横の椅子に足を投げだした。「で、彼女に電話はしたんですか？」

ネイサンもここまできて、話したくないとは言えなかった。話す気がないなら、なんとか口実をつくって、現場に残ったはずだ。コーディなら話してもいいと思ったからこそ、一緒に来たのだった。

「いや、電話はしていない」

「じゃあ、彼女とけんかしたんですね？」

「あれをけんかと言えるかどうか」顔をしかめて、ネイサンは陶器の破片が床に散乱したのを思いだした。「いや、やっぱりけんかだろうな」

「愛しあっている人間はしょっちゅうけんかをするものですよ」

ネイサンはにっこりした。「まるで彼女のせりふのように聞こえるよ」

「賢明な女性だ」二杯目のコーヒーをつぎながら、コーディはネイサンがまだコーヒーに全然口をつけていないのに気がついた。「あなたの顔つきからすると、なにが原因でけんかをしたにしろ、彼女が勝ったみたいですね」

「いや、どっちが勝ったとかいうような問題じゃないんだ」

コーディはしばらくのあいだ、ジュークボックスから流れてくるカントリーソングに合わせて、黙ってスプーンでテーブルをたたいていた。「うちのおやじは、母とやりあったときには、いつも花を贈っていましたよ。その手はいつもうまくいった」

「今度のはそんなに単純じゃないんだよ」

コーディは大盛りの皿がふたりの前に置かれるまで、待っていた。そして、ウエイトレスに厚かましくウインクを送ると、ぱくぱくと食べはじめた。

「ネイサン、あなたがものごとを自分の胸の内だけにとどめておく人だってことはよくわかっています。その点は尊敬もしているんです。この二年間、あなたと一緒に仕事をしてきて、いろんなことを教わりました。組織での仕事のしかたや、自分をコントロールする方法、プロのあり方などいろいろね。でも、僕たちは今では、単なる同僚以上の関係だと思っているんですよ。男が女性とのことで問題があるときには、ふつうは別の男に気持ちをぶちまけたらなんとかなるもんですよ。相手の男が女性のことをよく知ってはいなくてもね。一緒に悩むことはできる」

店のほこりっぽい窓の外で、セミトレーラーがギアをシフトしている音が聞こえる。

「ジャックははっきりした約束をほしがっているんだが、僕にはそういうものを与えることはできなかったんだ」

「できなかった？」コーディはゆっくりと時間をかけて、ビスケットにはちみつを垂らした。「したくなかった、じゃないんですか？」

「いや、この場合はそうじゃない。ここでは言いたくない理由があって、僕には彼女が望んでいる結婚や家庭というものを約束することはできなかったんだ。望んでいるというより、必要としているかな。彼女は約束を必要としているんだ。でも、僕には約束することはできない」

「そうなると、決断を下すのはあなたのほうというわけだ」コーディはまた卵をすくいとった。「でも、僕にはあなたはあんまり楽しそうには見えないな。もし、彼女を愛していないのなら――」

「愛していないとは言っていない」

「そうでしたっけ？　じゃあ、僕の誤解か」

「コーディ、結婚なんていうものは、行動のしかたや習慣が同じ、似たもの同士のカップルでもなかなかむずかしいものだ。それが、ジャックと僕みたいに正反対の人間の場合、むずかしいどころじゃすまない。彼女は家庭や、子どもや、それにつきもののあらゆるややこしいことをほしがっている。ところが、僕は一度旅に出たら何週間も帰らないような生活だ。そして、家に帰るときには……」自分がなにを望んでいるか、わからなくなって彼の言葉はとぎれてしまった。前ならなにが望みなのかはっきりわかっていたのだけれど。

「なるほど、そこが問題なわけか。わかりました」窓の外をじっと見ているネイサンを無視するように、コーディは続けた。「彼女を旅に連れてきて、名もないようなホテルに泊まり、まずい食事につきあわせるのもかわいそうだし、かといって自分を愛してくれている女性を、留守宅に待たせておくのも心が痛む、ってわけですね」

ネイサンは窓に向けていた顔をもどし、落ちついた目でコーディを見た。「そういうのは彼女に不公平だと思うんだ」

「たぶんそのとおりでしょう。あなたにとっては、彼女と幸せになる可能性に賭《か》けてみるより、このまま彼女なしで不幸せでいるほうがいいんでしょうね。卵が冷めてしまいますよ、ボス」

「結婚したカップルの半分は破局を迎えている」

「ええ。統計から見るとひどい結果ですね。それなのになぜみんな結婚するんだろうって思っているんでしょう?」

「きみは結婚していないね」

「ええ。それほどの女性にまだ出会ってないからですよ」コーディは残った卵をすくいながら、にこりと笑った。「来週あたり、ジャッキーに会いにいこうかな」突然、言いようのない怒りの表情がネイサンの顔に浮かんだので、コーディはまあというふうに手を伸ばした。「ネイサン、こう考えてみてはどうでしょう。ある女性がある男性の人生に明かりをともしてくれた。それなのに、その男性がカーテンを引いてしまったとしたら、それはどうぞ彼女とよろしくやってくれとほかの男に言っているのと同じじゃないんですか。それがあなたの望んでいることなんですか？」

「そんなに追いつめないでくれよ、コーディ」

「いや、あなたはすでに自分で自分を追いつめているんだと思うな」コーディはひどくまじめな顔つきをして、再び前に身を乗りだした。「少し僕に言わせてください。あなたはいい人だし、建築家としては超一流だ。嘘《うそ》はつかないし、安易な道を探そうともしない。自分の部下のためや、自分の信条のために闘うこともいとわない。だけど、するべきときに譲歩もできないほど、石頭じゃないはずでしょう。彼女がいなくても、あなたには今言ったようないいところがある。だけど、彼女と一緒ならもっともっといいところが増えますよ。彼女は実際あなたを変えたんだから」

「そのことなら僕もわかっている」ネイサンは全然手をつけていないままの皿をわきへ押しやった。「僕は自分が彼女にするかもしれないことを心配しているんだ。もし、このことが僕しだいだというのなら……」

「あなたしだいというのなら？」

「つまりこういうことなんだ。僕は彼女がいないと、幸福にはなれない」こう宣言するのは実につらいことだった。「だが、彼女は僕がいなかったら、もっと幸福になれるかもしれない」

「そのことに答えられるのは、彼女だけだと思いますよ」コーディは財布を出し、札を数えはじめた。「僕はここでのプロジェクトのことは、あなたと同じくらいよくわかっているつもりでいるんですがね」

「なんだって？　ああ、それはそうだけど、それがどうした？」

「で、僕の部屋に飛行機のチケットがあるんです。明後日出発する便のがね。それを、あなたのホテルの部屋と交換に譲りますよ」

ネイサンはなぜ自分がこのプロジェクトに責任があるか、できるかぎりの理由をあげて、その申し出を断ろうと思った。だが、途中で結局なにを言っても、言いわけでしかないことに気づいた。「そのチケットはきみが持っていろよ。僕はきょうの便に乗る」

「そうこなくちゃ」コーディは気前よくチップをはずんだ。

やきもきしながら飛行機を乗り継いで、ネイサンがようやくわが家にたどり着いたのは午前二時だった。

ジャッキーは待っていてくれる。ネイサンはそう確信していた。そのことだけを考えるようにしていた。電話をしたとき、彼女は電話に出なかった。だが、きっと買い物かなにかで出かけていたか、プールにいたのか、散歩に出ていたのだろう。ジャッキーが出ていったなんて考えられなかった。

自分がジャッキーになにを言ったにせよ、ふたりのあいだでなにがあったにせよ、自分がもどったときには彼女はきっとそこにいる。ネイサンは心のどこかで、ずっとそう固く信じていた。彼女の頑固さと、自信過剰から考えて、僕がばかなことを言ったぐらいのことで、あきらめるとはとても思えない。

彼女は僕を愛しているのだ。ジャッキーのような女性が人を愛するときには、いいにしろ悪いにしろ、とにかく愛しつづけるはずだ。この場合は悪いほうだが。そうなってしまった今となっては、僕のほうで好転させるようにしなければならないだろう。

だが、彼女はいなかった。玄関のドアを開けた瞬間に、ネイサンにはわかった。家は彼女がやってくる前と同じ静けさに包まれていた。毒づきながら、ネイサンは二段ずつ階段をかけのぼり、ジャッキーの名を呼んだ。

ベッドはからで、ミセス・グランジの手できちんと整えられていた。色鮮やかなシャツも、汚れた靴も散らかっていない。部屋はこざっぱりと片づいている。見るのもいやだった。まだ信じられなくて、ネイサンはクローゼットを開けてみた。しかし、そこには彼自身の服しかなかった。

彼女に、そして自分自身にも腹をたてながら、ネイサンはつかつかと客室に入っていった。ここまできたら、受け入れないわけにはいかない。もしかすると、ここのベッドのシーツにもぐりこんでいるのでは、と思ったが、やはり彼女はいなかった。散らかっていた本や書類も、跡かたもなく片づけられている。彼女のタイプライターもなかった。

ネイサンは長いあいだ部屋をじっと見つめながら、以前、きちんと片づいた、静かで平和な家に帰るほうがずっといいなどとよく思えたものだ、と考えていた。疲れきってベッドの端に腰をおろす。まだ彼女の香りが残っていたが、それももう消えかけていた。なにもないほうがまだましだ。ほかのものがなにもないのに、彼女のいた形跡だけが残っているなんて。

夜ごと彼女と過ごしたベッドで眠りたくなくて、ネイサンはそこに横になった。このままにはしないぞ。そう思いながら、ネイサンはいつの間にか眠りに落ちていった。

ジャッキーは、自分の少女時代の思い出がいっぱいつまっている部屋で、父親とスクラブルゲームに興じていた。家族や気のおけない人々が集うこの部屋を母親は第二の居間と呼んでいたが、もともとは書斎としてつくられた部屋であり、優雅で趣味のいい内装で統一されていた。

彼女の父親は、いかにもアイルランド人らしい丸々とした赤ら顔に、眼鏡を通してもはっきりわかる明るいブルーの目をしていた。夕食時にはちゃんとした服装をすることになっているので、スーツは着ているが、ベストのボタンははずし、ネクタイもゆるめている。そして、大きな歯のあいだに葉巻をはさんでいた。この葉巻については妻のパトリシアも黙認していた。

文字板を動かして文字を組みあわせながら、ジャッキーは言った。「ねえ、パパ。最近思うんだけど、パパとママは全然違うわね」

「え？」自分のほうも言葉をつくりあげるのに気をとられていた父親は、ちらりと彼女のほうを見ただけだった。

「つまり、ママはとても優雅で、すごくきちんとしているわ」

「じゃ、私はなんだって言うんだ？　がさつな不精者か？」

「そうとは言わないけど」顔をしかめている父親に、ジャッキーはできあがった単語を示して見せた。

「できたわ。ＨＹＦＯＸＡＬ」

「いったいなんだ、それは？」Ｊ・Ｄは太い指をふってみせた。「そんな単語はないよ」

「あら、ラテン語からきた言葉で、狡猾《こうかつ》なとか悪知恵の働くとかいう意味よ。〝私の父は、ＨＹＦＯＸＡＬな商売をやることで有名だ〟っていうふうに使うのよ」

父親は、母親が聞いていたら眉をひそめるような品の悪い言葉で応酬した。

「辞書で調べてみて。もしちゃんとあったら、五十点減点ですからね」さっきからふたりはこんなことばかりくりかえしていた。父親の気を散らせるために、ジャッキーはまた話しかけた。「ねえ、パパとママはどうしてずっと幸福でいられたの？」

「それは、ママも私も、おたがいいちばん得意なことを自由にしてきたからだよ。それに、私は今でもあのご婦人に夢中だからね」

「そうね」ジャッキーの目から涙がこぼれそうになった。このところずっとそうだ。「このごろよく、パパとママが私や兄さんたちにしてくれたことについて考えるんだけど、ふたりがおたがいに愛しあっていたってことが、いちばん大事なことじゃないかって気がしてるの」

「おまえの心になにがあるのか、話してみる気はないのかい？」

ジャッキーは首をふったが、身を乗りだして父親の頰に触れた。「私はこの春成長した。それだけのことよ」

「で、その成長は、おまえが愛しているその男性となにか関係があるのかね？」

「もちろんよ。パパもきっと彼が好きになるわ。彼は強い人なの。ときには強すぎるくらい。親切で、変なところですごく変わってるの。ありのままの私が好きなんですって」また涙が出そうになり、ジャッキーは手を目に押しつけて、しばらくじっとしていた。「彼はなんにでもリストをつくって、いつもAの次にBがちゃんときてるか確認するような人なの。彼は……」長いため息をもらして、ジャッキーは手をおろした。「彼は、そうするのが紳士的だからとか、そうするのがふさわしいからという理由からじゃなく、自分が紳士だから、自然と人にドアを開けてあげるっていうような人なのよ。ほんとうに、やさしい人なの」彼女はまた微笑《ほほえ》んだ。なんとか涙は抑えこんだ。「ママもきっと気に入るわ」

「じゃあ、いったいなにが問題なんだね?」

「彼にはまだ私のことや、私たちのおたがいの気持ちを受け入れる心の準備ができていないだけのことなの。彼がその気になるまで、どれくらい待っていられるか自信がないのよ」

父親はしばらく顔をしかめていた。「そいつにはっきり文句を言ってやろうか?」

ジャッキーは笑ってしまった。そして、立ちあがると父親の膝の上に座り、抱きしめた。

「そうしてもらいたいときには教えるわ」

そのとき、パトリシアが静かに部屋に入ってきた。目の色と同じ、淡いブルーのシルクのぴったりしたドレスを着た姿は、ほっそりとしていてきれいだ。

「ジョン、もしコックの機嫌がずっと悪いようなら、あなた、ご自分で行って話してくださいよ。私はもうどうしていいかわからないわ」彼女はバーのところまで行って、小さなグラスにドライシェリーをつぐと、椅子に座った。そして、夫が今でも東海岸では右に出るものがいないと思っている美しい脚を組んで、グラスに口をつけた。「ジャッキー、私、先週新しいヘアードレッサーと知りあったんだけど、あなたも彼に髪をやってもらえばすごくよくなるわよ」

ジャッキーはにこっと笑って、目にかかっていた髪を払った。「大好きよ、ママ」とたんに、パトリシアの目がやわらいだ。「私も大好きよ、ジャッキー。そうそう、あなたに言おうと思っていたんだけど、あなたの日焼けした肌はすてきだけど、でもね、最近本で読んだところによると、長い目で見ると健康にあまりよくないんですって。それで、心配していたのよ」そう言ってから、彼女は娘とそっくりに微笑んだ。「あなたがまたしばらく家にいてくれてうれしいわ。あなたや、息子たちがいないと、家が静かすぎてね」

「これからはそうちょくちょくも帰ってこられんだろう」そう言いながら、J・Dはジャッキーのお尻を父親らしい愛情をこめてつねった。「なにしろ今やこの子は大作家だからな」

「本を一冊出しただけじゃない」ジャッキーはそうたしなめたが、にっこりしてつけ加えた。「今のところはね」

「もちろんなにげなくだけど、あなたがハーレクイン・ヒストリカルに原稿を売ったことをホノリアに話したときは、実にいい気分だったわ」パトリシアは上品にグラスに口をつけ、椅子のクッションにもたれた。

「なにげなくだって?」J・Dは大声で笑った。「ママは電話をかけて自慢したくてたまらなかったんだよ。おい、ちょっと、なにをしているんだ?」

ジャッキーは父親がつくった文字を調べていたのだ。「なんでもないわ」そう言って、大きな音をたてて彼の頬にキスをした。「もうだめよ、パパ。もうこんないんちきな言葉は使わせないから」

「まあ見ていろ」J・Dは彼女を膝から払いのけ、手をこすりあわせた。「黙って座ってなさい」

「ジョン、あなたもいいかげんになさいよ」パトリシアが言った。ジャッキーが思わずかけよって抱きしめてしまうような言い方だった。そのとき、玄関のベルが鳴った。ジャッキーはぴくりとしたが、パトリシアが手をふって制した。「フィリップが出るわ、ジャクリーン。髪をちゃんとしなさい」

言われたとおりに指で髪をすいていると、年とった執事が部屋の入口に姿を見せた。

「失礼します、奥様。ネイサン・パウエルという方が、ジャクリーン様にお会いしたいといらしてますが」

大声をあげて、ジャッキーは飛びだそうとした。だが、母親が厳しくそれを制した。

「ジャクリーン、そこに座って、レディーらしくなさい。フィリップが今その方をご案内するから」

「でも――」

「座りなさい」J・Dが言った。「黙って」

「そのとおりよ」パトリシアはそう言うと、フィリップにうなずいてみせた。

ジャッキーはどしんと音をたてて座りこんだ。

「それから、そのふくれっつらをなんとかすることだな。彼にきびすを返して帰ってもらいたくないのならな」

ジャッキーは歯ぎしりしながら、父親をにらみつけていたが、やがて観念したようにおとなしくした。たぶんパパたちの言うとおりなんだわ。今回くらいは、慎重にしたほうがいいのだろう。だが、ネイサンの姿を見たとたん、父親が足を踏んでとめなければ彼女は椅子から跳びだすところだった。

「ジャック」彼の声は、まるで何日も声を出さなかったかのように、変にしゃがれていた。

「こんにちは、ネイサン」気持ちをぐっと抑え、ジャッキーはすっと立ちあがって、手を差しだした。「まさか来てくれるとは思わなかったわ」

「いや、あの……」ネイサンは突然、旅でくたびれたスーツを着てかわいいリボンのついた箱を小わきにかかえて立っている自分が、まったくばかみたいに思えてきた。「電話すべきだったんだけど」

「いいのよ、そんなこと」まるでふたりのあいだには何事もなかったかのように、ジャッキーは彼の腕をとった。「両親を紹介するわ。J・Dとパトリシア・マクナマラ。ネイサン・パウエルよ」

J・Dは勢いよく立ちあがった。これほどまでに重症の恋わずらいと欲求不満の男を見たことはない。同情と好奇心の両方から、J・Dは手を差しだした。「お会いできてうれしいですよ。すばらしいお仕事をなさっているようで」J・Dはネイサンの手を強く握って、大きくふった。「ジャックからあなたのことは、すべて聞きましたよ。なにか飲み物でも持ってきましょう」

矢継ぎ早のこの言葉に、ネイサンはうなずくのが精いっぱいで、今度はジャッキーの母親のほうを向いた。そこに、二十年、二十五年後のジャッキーの姿を見て、ネイサンはびっくりした。まだかわいらしさを残し、肌は若々しく、それでいて年齢を重ねただけの優雅さがある。

「ミセス・マクナマラ、こんなふうに突然お邪魔して申しわけありません」

「そんなことかまいませんのよ」そうは言ったものの、ネイサンがきちんと礼儀正しくそう言ったことが、パトリシアにはうれしかった。育ちのよさの点からみても、人柄の点からみても合格点だと内心思っていた。「どうぞ、おかけくださいな、ミスター・パウエル」

「ええ、でも――」

「さあ、どうぞ。ウイスキーをちょっとひっかければ、気分が落ちつきますよ」そう言って、J・Dはネイサンの背中を軽くたたくと、グラスを差しだした。「で、ビルの設計をなさっているんで？　改築なんかも手がけられるんですか？」

「はい、時によっては――」

「そうか、それはいい。この建物のことでじっくりお話ししたいですな。前からそのつもりだったんですよ。今はひどい状態だが、場所自体にはなかなか値打ちのあるところでしてな。さて、もし――」

「失礼します」礼儀も忘れて、ネイサンはグラスをJ・Dに返すと、ジャッキーの腕を引っぱった。そして、黙ったまま、たまたま目についたテラスへ出るドアのほうへ彼女を引っぱっていった。

「まあ」パトリシアはあきれたように眉をあげ、飲み物を飲んで笑いをごまかした。J・Dのほうは大笑いをし、自分でネイサンのグラスを飲みほした。「結婚式の計画でもするかな、パティ？」

外の空気はすがすがしくて、花の香りに満ちていた。手を伸ばせば届きそうなところにたくさん星が出ていて、月と明るさを競いあっている。もちろんネイサンはそんなことに気づきもしなかった。彼はテラスにある白いテーブルに持っていた包みを置くと、ジャッキーを腕のなかに引き寄せた。

彼女はすっぽりと彼の腕におさまった。

「すまない。ご両親に失礼なことをしてしまった」しばらくしてから、ようやくネイサンは言った。

「いいのよ。うちではしょっちゅう失礼なことをしているんだから」ジャッキーは両手を彼の顔にあてて、じっと見た。「疲れているみたいね」

「そんなことはない。元気だ」そうでないのは、一目瞭然《りょうぜん》だった。失っていた自制心をとりもどそうと、ネイサンは一歩さがった。「ここにもきみがいないんじゃないかと、心配だった」

「ここにも？」

「うちに帰ったら、きみがいない。で、きみのアパートまで行ってみたんだ。でも、そこにもきみはいなかった。それで、ここまで捜しにきたんだ」

ゆっくり聞きたいと思って、ジャッキーはテーブルに寄りかかった。「私を捜していたの？」

「丸二日間ね」

「ごめんなさい。あなたは来週までデンバーからもどらないと思っていたのよ。あなたのオフィスでもそんなこと言ってなかったし」

「早目に戻ってきたん――僕のオフィスに電話したのかい？」

「ええ。早目にって？」

「予定していたより早目にね。そのかわりにコーディを残してきた。仕事は全部彼に任せて、飛んで帰ってきたんだよ。それなのに、きみはいなかった。僕からはなれていってしまった」

ジャッキーは今にも笑いながら彼の胸に飛びこんでいきたかったが、もう少し芝居を続けることにした。「私がずっとあそこにいると思っていたの？」

「ああ。いや。そうだ、そのとおりさ」ネイサンは両手で髪の毛をかきむしった。「僕にはそんなことを期待できる権利なんかないことはわかっている。でも、期待していたんだ。で、家に帰った。でも家はからっぽだった。きみのいない家なんてたまらなかったよ。きみがいないと、考えることもできないんだ。これもきみのせいだ。きみが僕の頭をどうにかしてしまったんだ」彼がせかせかとテラスを歩きだしたので、ジャッキーはいぶかしげに眉をあげた。彼女の知っているネイサンはこんな無意味な動きなどしなかったはずなのに。「なにを見ても、きみならどう思うだろう、きみならなんて言うだろうと思ってしまうんだ。きみのことを考えずには、ブルー・プレート・スペシャルを食べることもできなかったんだよ」

「それは、ほんとうにひどいわね」ジャッキーは大きく息を吸いこんだ。「私にもどってほしいの、ネイサン？」

ふりかえったネイサンの目には、怒りの表情があった。めらめらと燃えるようなその目を見ていると、また彼の腕のなかに飛びこんでいきたくなってくる。「僕に這《は》いつくばれとでも言うのかい？」

「ちょっと考えさせて」ジャッキーはなんだろうと思いながら、包みのリボンに触れた。なにが入っているのだろうと考えるのは、中身を知る以上に楽しい。「あなたには少しくらい這いつくばってもらってもいいところだけど、私は寛大だからやめておくわ」そう言って、にっこりと彼に微笑みかけ、ジャッキーは行儀よく手を重ねた。「私はどこにも行ってないわよ、ネイサン」

「でも全部荷物を片づけていた。部屋はまるで墓場みたいにきれいになっていたよ」

「客室のクローゼットを見なかったの？」

「どういう意味だい？」

「つまり、私は出ていったんじゃないのよ。私の服はまだ客室にあるわ。あなたがいないのにあのベッドで眠るなんてできなかったから、もとの部屋にもどったの。でも、出ていったりなんかしてないわ」ジャッキーはもう一度彼の顔にそっと触れた。「あなたの人生をめちゃくちゃにしてしまうつもりなんかないわ」

ネイサンは命綱かなにかのように、ジャッキーの手をぎゅっとつかんだ。「じゃあ、なんできみはぼくの家じゃなくて、ここにいるんだ？」

「両親に会いたくなったのよ。あなたが私に話してくれたことのせいもあるわ。あの話を聞いて、両親に会って、ふたりがこんなにいい両親でいてくれたことに感謝したくなったのよ。それともうひとつは、ついに私もひとつのことをやりとげたってことを、ふたりに報告したかったからなの」彼女の指が神経質そうに、彼の指にからめられた。「私の本が売れたのよ」

「売れた？　きみが原稿を送ったことも知らなかったよ」

「あなたには言いたくなかったのよ。うまくいかなかった場合に、がっかりさせたくなかったから」

「がっかりなんかしなかったさ」そう言って、ネイサンはジャッキーを引き寄せた。彼女の香り、あんなに焦がれていた彼女の香りに、彼は包まれていた。このときになってはじめて、ネイサンは、住み慣れた建物はなくても、今自分が家に帰ってきたのだと実感した。「そう聞いて僕もうれしいよ。きみのことを誇らしく思う。ああ……僕がその場にいられたらよかったのに」

「今回のことは、私が自分でしなければならないことだったのよ」ジャッキーは少しからだを動かした。「次のときには、そばにいてね」

彼女の背中にまわされていたネイサンの指に力がこもり、目の色が濃くなった。彼への愛情にくらくらしながら、ジェイクの顔だわ、とジャッキーは思った。「こんなに簡単でいいのかな？　僕がすべきことは、ただ歩いてきて、きみに尋ねるだけ？」

「そう、それでいいの」

「僕にはもったいないくらいだ」

彼女は微笑んだ。「わかってるわ」

笑い声をあげて、ネイサンはジャッキーをくるりとまわしてから、唇を重ね、息もできないほどの長い、激しいキスをした。「ありとあらゆる申し出と約束をするつもりで来たんだ。それなのに、きみはなにも要求しようとしない」

「だからといって、私がそういう言葉を聞きたくないというわけではないわ」ジャッキーは頭を彼の肩にもたせかけた。「心に思っていたことを言って聞かせてくれない？」

「きみがほしい。だが、ふさわしいやり方でそうしたいんだ。長いあいだはなれていることも、約束を破ることもないような状態でね。今僕は、一年前にやっておくべきだったことをやりかけているんだ。つまり、コーディを本格的なパートナーにしようと思うんだ」

頭を引いて彼の顔を見たジャッキーの目が、父親と同じくぬけ目なく光っているのに、ネイサンは気づいた。「それはすばらしい考えね」

「個人的にも、仕事の上でもね。僕にもわかってきたんだよ、ジャック」

「そうみたいね」

「僕たちのあいだも、家族として、ほんとうの意味の家族としてやっていけるように、プレッシャーをできるだけ少なくするつもりだ。自分がどんな夫になれるか、どんな父親にならないけど、きみの都合のつくときは、ついていくわよ」

なれるかわからないけど、でも——」

ジャッキーは指先で彼の唇に触れた。「それはふたりで見つけていくものよ」

「そうだね」ネイサンは再び彼女の手をとった。「これからもときどきは旅に出なければならないけど、きみの都合のつくときは、ついてきてほしい」

「来るなって言われても、ついていくわよ」

「僕が結婚や家庭を第一に優先させるってことを忘れないように、注意していてほしい」

ジャッキーは顔を彼の喉もとに埋《うず》めた。「その点は大丈夫よ」

「今までのことをふりかえって、こうすることにしたんだ。きみと会って以来、何度も前のことをふりかえるようになった」彼は手をジャッキーの腕にすべらせ、彼女を少し引きはなした。「きみに言いたかったんだけど、きみに会って以来、すべてが違って見えてきた。きみを失うことは、自分の目や腕を失うよりつらいことなんだ。きみなしでは、僕はなにを見ることもさわることもできない。僕にはきみが必要だ。僕の人生のすべてをきみにも分かちあってもらいたい。僕たちはおたがいから学ぶこともあるだろうし、一緒に間違いも犯すだろう。きみのことを、どう言っていいのかわからないくらい愛しているよ」

「はい、よく言えました」ジャッキーは鼻をぐすんといわせたが、首をふった。「私、泣くとほんとうにひどい顔になるんだもの。今夜はきれいでいたいのよ。ねえ、プレゼント、もらっていいの？　私がうるさくおしゃべりをはじめないうちに」

「きみのおしゃべりは好きだけど」ネイサンは唇を彼女の眉に、こめかみに、そして口もとのえくぼに押しつけた。

「ああ、私、ほんとうに従兄《いとこ》のフレッドには借りがあるわ」ジャッキーは涙まじりの笑い声をたてた。「彼はあの十ヘクタールの沼地の買い手を必死で探しているのよ」

「引っかかったんだね」ネイサンはもう一度両手で彼女の顔を包み、確かめるようにじっと見つめた。「ほんとうに愛しているよ、ジャック」

「わかってるわ。でも、好きなだけくりかえして言ってもいいわよ」

「そうするつもりだ。でも、その前にこれを受けとってほしいな」ネイサンは包みを取りあげ、彼女に差しだした。「もし自分の気持ちがうまく口で言えなくても、僕の気持ちが伝わるようなものをなにか贈りたいと思ったんだ。僕が今まで決して信じようとしなかった未来に、きみがどれだけ希望を与えてくれたかを示したかったんだよ」

ジャッキーは手首で目の下をこすった。「さあ、なにかしら。ダイヤモンドは永遠を意味するものだけど、私は色のついた石のほうが好きなの」彼女は包装紙を破って、贈り物をとりだした。

しばらくのあいだ、ジャッキーは言葉もなく、頬を涙で濡《ぬ》らしたまま月明かりの下に立ちつくしていた。彼女の手には貝殻でつくったペリカンが握りしめられている。再び、彼の顔を見たとき、ジャッキーの目には涙があふれていた。「あなたほど私のことをわかっていてくれる人はいないわ」

「変わらないでいてくれ」そうつぶやくと、ネイサンは安っぽい鳥をふたりのあいだにはさんだまま、彼女をしっかりと抱きしめた。「さあ、家に帰ろう、ジャック」

解説

〝生まれながらに人を楽しませることを知っている人というのがいるが、ジャッキーこそまさにそのひとりだった〟ノーラ・ロバーツの作品を一冊でも読んだことのある方なら、「ノーラこそまさにそのひとり」と思われるのではないだろうか。この物語のヒロイン、ジャッキーは、作者の分身といっても過言ではないほど、ノーラとの共通点が多く見られる。たとえば、ジャッキーの親族は〝アイルランド系ばかり〟であり、ノーラも、アイルランド人の母とスコットランド人の父を持つ。ジャッキーは小説家志望で、恋におちる相手が建築家というのも、ノーラの実生活を連想させる（ノーラは家の増築を依頼した建築業者と結婚している）。また実際のノーラもジャッキー同様、家事をこなすかたわら午前八時から午後四時半までのまさにフルタイムで執筆作業を行っている。それについてノーラは「書くことをやめてしまったら、もう書けなくなるんじゃないかといつも不安なの」と語っている。作家デビューを目指しているジャッキーならともかく、シルエット・ロマンス『アデリアはいま』が七十五万部を売り上げるという華麗なデビューを飾って以来、次々に話題作を発表し、世界的ベストセラー作家にまでのぼりつめたノーラがそんな不安を抱いていると聞くと、少し意外に思う読者もいるのではないだろうか。ましてノーラは多作で知られ、頭のなかにはつねに物語のアイディアがある、と本人も言っているくらいなのに……と。

この物語のなかで、ジャッキーとヒーローのネイサンの手が、はじめてほんの一瞬触れあったとき、〝ロマンチックというよりは、滑稽《こっけい》な状態なのに、彼女はこのときを生涯ずっと待ちつづけていたのだという気分〟になる。心のなかで、なにかがきらっと輝く瞬間とは、特別な人物だけが、劇的な状況においてのみ体験するわけではなく、だれもが、日常のふとしたときに出合うものであるはずだ。しかし、たいていの人は、たいていの場合、そのきらめきを手ですくいとってみようとはせず、人生の先を急いでしまう。一方ノーラは、一瞬の輝きをのがさずにとらえ、それを物語として開花させる才能に恵まれている。だからこそ、これだけ多くの人々に愛される作家となりえたのだろう。そんな彼女といえども、書くのやめてしまったら、題材を求めて心を探ることをしなくなってしまったら、気持ちのわずかな変化に気づけなくなるかもしれない。つまり、ノーラの不安は、天性のストーリーテラーである彼女ゆえのものであると言えるだろう。

連作が多いのもノーラ・ロバーツの特徴だが、本作の関連作である『アリゾナの赤い花』と『砂塵《さじん》きらめく果て』も、MIRA文庫よりまもなく刊行される予定だ。『アリゾナの赤い花』は、本作のヒーロー、ネイサンの事務所に勤める建築家、コーディ・ジョンソンを主人公にした話である。登場人物のひとりにたまらない魅力を感じ、その人物を主人公にした別の話を書くことが、ノーラにはよくあるそうだ。『砂塵きらめく果て』は、本作でジャッキーの処女作とされるヒストリカルにあたる。彼女が試行錯誤の末にどんな物語を書き上げたのか、〝石ころのなかの一粒のダイヤ〟と称される、ネイサンにうりふたつの主人公、ジェイクとはどんな男性か、本作を読んだ方なら、いやおうなく興味をかきたてられるはずだ。ノーラが連作の魅力と語るとおり「過去の出来事や、登場人物それぞれの成長を共有」してみてはいかがだろうか。

MIRA BOOKS編集部

訳者　入江真奈

1953年生まれ。国際基督教大学教養学部卒。英米文学翻訳家。
ハーレクイン社のシリーズロマンスに12冊訳書がある。

●本書は、1990年1月に小社より刊行された作品を
文庫化したものです。

ハウスメイトの心得

2001年9月15日発行　第1刷

著　　者／ノーラ・ロバーツ
訳　　者／入江真奈（いりえ　まな）
発 行 人／安田　泫
発 行 所／株式会社ハーレクイン
東京都千代田区内神田1-14-6
電話／03-3292-8091（営業）
03-3292-8457（読者サービス係）
印刷・製本／大日本印刷株式会社
装 幀 者／小久保　香

ISBN4-596-91013-8

“MIRA” とは？

——星の名前です。秋から冬にかけて南の空に見られる鯨座に輝く変光星。

MIRA文庫では、きらめく才能を持ったスター作家たちが紡ぎ出す作品をお届けしていきます。サイコサスペンス、ミステリー、ロマンス、歴史物など、さまざまな変化を楽しんでいただけます。

——女性の名前です。

MIRA文庫には、いま最も筆の冴えている女性作家の作品が続々と登場いたします。

——ラテン語で“すばらしい”を意味する言葉であり、“感嘆する”という動詞の語源にもなっています。

MIRA文庫は、どれも自信を持っておすすめできる海外のベストセラーばかりです。また原書どおりでありながら、違和感なく一気に読み進むことのできる翻訳の完成度の高さも目標に置いています。

——スペイン語では“見ること”を意味します。

MIRA文庫を、ぜひ多くのみなさまに楽しんでいただければと思っております。

MIRA BOOKS編集部

MIRA文庫の新刊

エリカ・スピンドラー
小林令子 訳

レッド（上・下）

運命にもてあそばれながらも夢と真実の愛を追いつづける赤毛の少女を描いたドラマティックなエンターテイメント。待望の文庫化。

シャロン・サラ
平江まゆみ 訳

スウィート・ベイビー

愛してくれる人に、なぜ愛を返せないの？　トリーは自分を探す旅に出る。癒しの作家シャロン・サラが、児童虐待と愛の再生を描く感動作。

ローラ・ヴァン・ウォーマー
藤井留美 訳

陪審員（上・下）

ある日突然法廷に集められ殺人事件の陪審員を務めることになったら？　裁判所に集まる人人をユーモアと愛情を込めて描いた群像劇。

エマ・ダーシー
細郷妙子 訳

ワインの赤は復讐の赤

ワイン醸造界の名門一族を掌握する母に死の宣告が…。復讐を決意した娘と母の確執を軸に、欲望と策略が交錯する一族の争いがはじまる。

ペニー・ジョーダン
田村たつ子 訳

隠された日々（上・下）

母が交通事故で危篤。かけつけた娘に母は自分の日記を読むように言うが、そこには驚くべき事実が！　3人の女性を描いた大河ロマン。

シャーロット・ラム
馬渕早苗 訳

波紋

ふと目を覚ますと、暗闇の中に男がいた！　平安な日常に突然起きたレイプ事件。その波紋がどこまでも広がっていく。